GEMELLA MIA

DU MÊME AUTEUR
(sous le nom de plume Lionel Perret)

Versets satellitaires, recueil de poésies,
édition à compte d'auteur, 2010.

L'huile ou la caisse, roman,
éditions BoD, 2018.

Le burn-out insolite et assassin de Léon Bonchien,
témoignage, Éditions Héraclite, 2022.

LIONEL PERRET *de Aveiro*

GEMELLA MIA

Roman

© Lionel Perret de Aveiro, 2024

Édition : BoD · Books on Demand GmbH,
In de Tarpen 42, 22848 Norderstedt (Allemagne)

Impression : Libri Plureos GmbH, Friedensallee 273,
22763 Hamburg (Allemagne)

ISBN : 978-2-3224-7863-7
Dépôt légal : Novembre 2024

Le code de la propriété intellectuelle interdit les copies ou reproductions destinées à une utilisation collective. Toute représentation ou reproduction intégrale ou partielle faite par quelque procédé que ce soit, sans le consentement de l'auteur ou de ses ayants cause, est illicite et constitue une contrefaçon sanctionnée par les articles L335-2 et suivants du Code de la propriété intellectuelle.

*Dieu a donné une sœur au souvenir
et il l'a appelée espérance.*

MICHEL-ANGE

SÉISME

1

Elle a 19 ans, bientôt 20. Elle s'appelle Serena. Prénom en lien avec ses origines italiennes qui font qu'on ne met pas d'accents aigus sur le duo de *e*.

Serena Sylvanielo-Sixtine. Une portion de nom qui n'est pas sans rappeler celui de la célèbre chapelle du Vatican. Un lieu que Serena ne connaît à ce jour, qu'en photo. Elle rêve d'y aller. Souvent. Faire un beau voyage et se retrouver sous la voûte imposante peinte par Michel-Ange.

Serena rêve.

Souvent.

Elle s'imagine errer dans cet univers biblique, dominée de tous côtés par la grâce insolente des fresques signées Botticelli, Le Pérugin, Rosselli. Des œuvres pléthoriques au milieu desquelles vivent côte à côte, des corps musculeux et magnifiques. Depuis des siècles, ils surplombent le vide.

Jusqu'à quand ? se demande Serena.

Elle fantasme à l'idée d'admirer détails et pigments devenus anges. Toucher de ses cils la silhouette des *ignudi* et la grandeur esthétique de *La Création d'Adam*. En somme, caresser des yeux la beauté de l'Art. Et faire corps avec le sublime.

Le rêve est permis.

Si elle en a le temps, sans doute prolongera-t-elle sa visite jusqu'à *La Pietà* pour se laisser cueillir par l'ivresse de la Genèse. De nature sensible, Serena pourrait s'évanouir devant le drapé de marbre froid et la rigidité du Christ mort gisant sous les paupières pétrifiées de la Vierge Marie.

Le souffle coupé, elle se voit courir sous le regard témoin des statues et des gens. Elle se voit fuir. Passer la porte du palais et laisser éclater sa joie mêlée de cris et de pleurs.

Fuir encore.

Inonder de larmes franches le sol de la *Piazza San Pietro*. Peindre par l'imaginaire sa renaissance en pleine saison muséale.

Fuir toujours.

Jusqu'à la douleur, remplir ses poumons d'oxygène après cette parenthèse céleste.

Fuir à en crever. Mais fuir.

Pour enfin renouer avec les battements frénétiques et terre à terre du cœur de Rome. Et manger avec mélancolie, l'esprit rasséréné, *un gelato al limone*.

Rome, un projet de voyage parmi d'autres.

Serena est née au cœur de la Toscane, entre oliviers et cyprès. À Montevarchi, ville dont elle n'a aucun souvenir. Tant elle y a peu vécu. Tout juste une parenthèse de vie subreptice, arquée comme un pont au-dessus d'un delta. Quelques images floues d'un paysage en apparence apaisant qu'elle aimerait éclaircir par-delà une simple netteté.

En attendant, elle dessine des cyprès par dizaines. Sans cesse et sans modèle aucun, elle noircit ses carnets à croquis de troncs et de feuilles en forme d'écailles triangulaires. Un travail de mémoire imaginaire aussi délicat qu'empirique qu'elle aime exécuter au fusain, à l'encre ou à la craie couleur terre de Sienne. Des échos graphiques qui s'en vont rejaillir, selon ses propres pensées, jusqu'à sa terre natale. Chaque dessin est soigneusement numéroté. *Cyprès du ciel – n° 1542* pour ce qui est du dernier. Mais également signé de ses initiales : *S.S.S.* Trois silhouettes identiques apposées à l'ombre de ses arbres qui ressemblent à des sirènes silencieuses assises au pied de ces colosses à l'apparence aussi frêle que virile.

Serena ignore encore ce qu'elle va faire de ces réminiscences mémorielles. Une exposition sans doute. Plus tard, dans longtemps. Quand les premières rides commenceront à sillonner aussi naturellement que discrètement son visage. Quand la vieillesse aura frappé à la porte de sa peau pour y graver des sillons plus ou moins profonds.

Pour l'instant, Serena est jeune. Vierge de ces douleurs gênantes et quotidiennes qui ravagent le corps. Mais pour combien de temps encore ? se demande-t-elle lors de ses envolées artistiques qui lui demandent une énergie folle. Lorsque ses mains inspirées et agiles dessinent et que le charbon de son fusain orne le grain du papier.

Serena aimerait que ses croquis lui survivent. Comme des enfants qu'on aimerait ne jamais voir grandir et encore moins mourir. C'est pourquoi elle ne lésine pas sur le fixateur.

Une fois ce dernier vaporisé, elle contrôle d'un revers de main chaque esquisse. Un rien de poudre s'épanche sur sa peau ? Elle en repasse une couche pour que chaque particule de pigment reste mariée à son support. Pour l'éternité ou presque. Comme une encre de tatouage sous un épiderme.

Serena dessine comme elle respire. Crée, quels que soient l'endroit et l'heure, au gré de ses pulsions intenses. Comme d'autres écrivent, sculptent, mangent ou font l'amour. Partout, souvent, chez elle, dans le bus, au restaurant, dans un café. Au revers d'un sous-bock. Ou dans l'obscurité d'un cinéma, lorsque le film ne la passionne pas.

Avant chaque croquis, Serena s'adonne au même rituel. Elle fait le vide. Oublie qui elle est. Où elle est. Se sert un thé puis un deuxième. Elle ferme les yeux pour ressentir le frisson que lui procure ce vent léger et tiède qu'on appelle *libeccio*. Venu de loin, il se dépose sur sa joue, mystérieux. Comme ce souffle chaud qui précède le baiser d'une mère à son bébé. Une maman au ventre plein de douleurs heureuses, mais sereine.

L'inspiration en échappée belle, Serena se lance dans un énième croquis. Sous ses mains naît cette fois une forêt de conifères surplombant un vallon jalonné de vigne. Un horizon de feuilles mordorées au cœur duquel, après chaque été, coule un nouveau *Chianti*. Une cuvée aussi sombre que l'encre de Chine qui s'épanche et innerve le grain du papier. Désireuse de faire une pause, Serena ferme les yeux. Fort, très fort. Reprend sa respiration.

Sa main d'artiste retrouve son parcours. Se laisse porter par un ciel aoûtien surplombant une mer de cônes bleu outremer. Au loin, jaillissent à présent des nuées de cyprès, à perte de vue, plus ou moins bien détaillés, mais toujours hauts, minces, élancés. Un océan de totems majestueux aux allures de jumeaux dans lequel Serena noie son regard en buvant un *stretto*. De nouveau elle ferme les yeux. Une dernière fois. Fort, très fort. Reprend sa respiration. Son dessin est désormais terminé.

Le soir venu, Serena descend fumer au pied de son immeuble ou sur les bords de Seine. Ce qu'elle adore par-dessus tout, c'est croiser ce qu'elle dépeint comme des lueurs divines. Des épiphanies humaines, discrètes et inspirantes. Des gens humbles, âmes pauvres au teint pâle, souvent sans le sou, mais riches d'une existence sans fard. Ce sont précisément ces gens qu'elle aime encenser de sa fumée de tabac blond. Serena aime ces anges aux mains sales, gens de peu aux ongles noircis d'une insondable crasse qui, entre chien et loup, lui rappellent ses doigts charbonneux en train de dessiner. Des ombres sensiblement jumelles, qui marchent souvent côte à côte et ressemblent à des sculptures de Giacometti. Auprès d'eux, elle se sent paradoxalement en sécurité, à l'abri de toute hypocrisie. Lisant l'expression cachée dans chacun des regards, Serena sait que du haut de leur pont, beaucoup hésitent à la vie.

Ensemble, il leur arrive d'échanger quelques mots d'espoir. Souvent, ils ne se disent rien. Tout juste un bonsoir. En silence, ils admirent le reflet de la lune flotter à la surface du fleuve. Et regardent passer les chats, fiers d'avoir éventré une poubelle. Ils refont rarement le monde, ne sachant pas vraiment par quel bout commencer. La plupart racontent leurs journées d'errance souvent pleines d'ennuis et de tracas. Surtout à l'approche de l'hiver. Ils parlent du froid piquant, des dangers de la rue, des vols et de leur peur de mourir gelé. Tandis qu'elle évoque avec parcimonie ses études bourgeoises. Parfois, Serena fait la connaissance avec un nouveau visage. Un inconnu à la tristesse tout entière rentrée dans les épaules et dont la conscience est plongée dans une solitude non désirée. Une énième silhouette au dos courbé, semblable à un cyprès déformé par un mistral violent.

À la question « T'en aurais une pour moi ? » Serena tend son paquet de cigarettes et son briquet. Derrière le crépitement du tabac, un faciès émacié sous une barbe de plusieurs jours se met à briller derrière un point rouge. Un phare infiniment petit qui, dans la nuit parisienne, anime l'horizon prometteur de la rue. Au moment de se quitter, certains la toisent doucement. Les plus méfiants la scrutent comme une bête à demi curieuse. Probablement qu'elle leur inspire le mot *amour*. Elle ne sait pas. Ne les juge pas. Aucun d'eux n'oserait cependant abîmer ce rendez-vous aux allures familières et fragiles. Les habitués la remercient d'un geste lent des paupières avant de reprendre leur chemin vers on ne sait quelle station de métro. Avec pour seul compagnon, un chien abonné au silence malgré le regard bavard. « J'aime trop mon maître pour ne pas le suivre », semble-t-il dire.

« À demain ou adieu ».

Seule sur les bords de la Seine, Serena regarde s'éloigner la beauté des misérables tandis qu'un ballet d'étourneaux strie les cieux de courbes joyeuses. Des sinusoïdes mystérieuses qui laissent entendre que l'homme a encore beaucoup à apprendre des oiseaux. Puis elle rentre, empêtrée dans une intranquillité soudaine. Avale péniblement un bol de soupe d'orties et un thé vert à la fleur d'Osmanthus. Honteuse de retrouver le confort de son appartement. Même si elle n'est pour rien dans le sort de ces gens d'en bas de chez elle.

Serena habite en plein cœur de Paris, dans une chambre de bonne, rue Visconti. À deux pas des Beaux-Arts où elle étudie. Son cœur oscille entre deux pays. France et Italie. Si elle devait apposer un épicentre de sa personne sur une carte, celui-ci se situerait probablement du côté des Alpes. Quel qu'en soit le versant. Serena n'a pas de préférence. Encore moins de frontières. Grâce à l'art, elle voyage. À l'œil. Régulièrement, elle étale ses esquisses à même le sol. Compose une forêt imaginaire. Lumière éteinte, elle fait planer la lueur de son smartphone. Vol de nuit silencieux au-dessus d'une forêt sombre, beau comme la solitude d'une nuit sans lune. Son regard se perd dans le loin à la recherche de ses origines. Plutôt que de se chercher, Serena aimerait se trouver. En savoir un peu plus sur elle. Elle se met alors à songer à celle qui l'a adoptée lorsqu'elle avait tout juste cinq ans. À celle qu'elle appelle depuis « maman » et qui se prénomme Agnès. Femme qui n'a pas usé ses chairs pour donner la vie à un bébé, mais qui est une mère à perte de vue, belle de silences, de secrets et d'envies. Agnès est celle qui est allée signer les papiers d'adoption au *Tribunale per i minorenni* de Florence. Pour le meilleur et pour rien d'autre.

Le seul souvenir que possède Serena de cette époque est ce jour précis où, pour la première fois, elle donne la main à cette future mère en traversant la *Piazza Grande* d'Arezzo. Elle se revoit, petite, marcher à ses côtés en direction de la gare. Sans poser de question, l'âme en confiance. Serena sait que ce jour-là, elle a fui une vie médiocre, ballottée de famille en foyer.

« Andiamo. Non girarti Serena », lui répétait calmement Agnès, dans un parfait italien. Jusqu'à cette caresse déposée sur sa joue de fillette, une fois montées à bord du train pour Paris. Une caresse qui signifiait « À partir d'aujourd'hui, je suis ta maman ». Un geste qui, à lui seul, dépassait la beauté des mots. Ce jour-là, Serena laissait derrière elle l'ombre d'une famille d'accueil qui n'avait d'accueillant que le nom. Le reste n'étant qu'un amas de cris et de violences sur elle et les autres enfants. Dans cette immense villa aux volets clos, sans cyprès autour. Sans l'once d'un début d'amour.

Chaque soir avant de s'endormir, Serena ressent les battements d'un cœur au loin, là-bas. Un muscle qui bat et se débat. Pour combler le manque de sa *gemella mia,* elle rédige un haïku. Juste avant de fermer les paupières.

Ciel de cyprès
boit les pleurs des nuages
pendant l'orage

2

Elle a 19 ans, bientôt 20. Elle s'appelle Speranza Uccellino. Hémiplégique, Speranza passe le plus clair de son temps, allongée dans son lit. « Drôle de vie que la mienne. Sachant qu'une fois morte, je connaîtrai le même sort », se dit-elle. Une vie entière vécue sous du coton lisse comme une mer d'huile. À souffrir.

Depuis longtemps.
Depuis toujours.
Depuis bébé.

Speranza ne peut ainsi rien faire ou presque, seule. Ne peut ni manger ni faire sa toilette, seule. Peut tout juste se donner du plaisir, seule. Ce qu'elle sait faire le mieux, seule, c'est dire merci encore et encore à Zia Aemilia, Zio Errio et Alessandro. Un trio familial qui l'accompagne et l'aide au quotidien.

Depuis longtemps.
Depuis toujours.

Depuis bébé.

Des *grazie mille* à perte de vue qui, chaque jour, volent à la surface de ses draps puis vont se loger dans les oreilles parfois sourdes de Zio Errio. Plus qu'un oncle d'adoption, Zio Errio est son aide-soignant particulier. Tout à la fois kinésithérapeute, infirmier, sophrologue et psychologue. Un ange gardien qui l'invite sans relâche à s'accrocher à la vie en lui indiquant le chemin vers la joie lorsque son visage de jeune femme revêt une dévorante désespérance. « Tu es si jeune. Je connais tes souffrances, mais je t'en conjure, bats-toi. Souviens-toi de ce que t'a dit le docteur. En quelques années, tu as fait d'énormes progrès et tu continueras à en faire grâce aux soins réguliers que tu reçois chaque jour. Puisses-tu en être convaincue », lui dit-il. « *Grazie mille* », lui répond-elle pour la énième fois. Même si en vérité, elle sait, elle sent que son état se détériore. Doucement. En silence. Une dégradation sans retour.

Lorsque Speranza entend *faire*, elle pense à *fer*. À ces barrières antichute en acier derrière lesquelles le destin l'a enfermée. Une prison pernicieuse et asphyxiante. Une geôle mentale, hideuse à pleurer, qui certains jours la pousse à vouloir lâcher la corde. Pour se laisser tomber dans le vide et se laisser cueillir par le sourire d'une éternité reposante.

Mais.

Est-ce le son du vent dans les oliviers ou les murmures solaires des collines toscanes ? Le sifflement rieur des oiseaux dans le jardin ou les chants apaisants de Zia Aemilia lorsque celle-ci hydrate sa peau fragile avec de l'huile d'abricot ? Qui fait que les mains de Speranza tiennent bon ? Ne glissent pas ?

Chaque matin, Speranza regarde le gant savonneux parcourir sa peau. Toujours les mêmes gestes. Le même parfum soyeux de roses. Le même effleurage des talons pour éviter une esquarre. D'abord le cou, les bras, le ventre, les mollets et les cuisses. Puis Zia Aemilia change de gant pour laver une géographie intime. Terre de peau vierge, aride et crevassée aux abords d'une forêt pubienne aux reflets blond vénitien nuancés de roux et de brun.

Après la toilette, Zio Errio monte le plateau d'un petit-déjeuner le plus souvent composé d'un thé à la bergamote et d'un *cornetto* fourré au miel.

— *Buongiorno mia Speranza. Come stai?*
— *Buongiorno Zio. Sto bene. Oggi, ho deciso di scrivere la mia storia.*
— *Grande idea.*

Speranza a décidé d'écrire. De se raconter dans les moindres détails pour laisser une trace d'elle. Relater son vécu, ses désirs, ses manques, ses passions inutiles. Au-delà d'inavouables et rares fantasmes. Elle doit s'y mettre rapidement car elle sait, elle sent, que son temps est compté. À l'aube de commencer, il lui arrive de douter en affirmant qu'elle n'est rien ou si peu. Ni écrivaine ni auteure. Et qu'elle ne sait pas vraiment par où commencer.

« Qu'importe, Speranza. Les anges écrivent à la lueur de leur cœur. L'essentiel est de te laisser porter par l'inspiration, ainsi que le font les nuages avec le vent. Si tu es d'accord, j'irai dès demain t'acheter un carnet. J'en profiterai pour prendre un peu de *Rigatino toscano* à la *trattoria* », lui dit Zio Errio. Les yeux de Speranza se mettent à luire et sourire devant cette parole encourageante. Ses larmes se mélangent à celles de Zia Aemilia qui lui brosse les cheveux. Car leurs larmes s'aiment.

— *Ci vediamo dopo.*
— *Grazie ad entrambi.*

Depuis son lit, Speranza aime passer du temps à observer les têtes des cyprès irradiées par le soleil. Les jours du *libeccio*, sa fenêtre devient un théâtre où chaque silhouette de conifère danse et s'anime avec la même dextérité et souplesse qu'une danseuse tahitienne. Speranza se met alors à rêver d'îles, de vanille et d'exotisme. Elle rêve un peu, beaucoup, passionnément, à la folie. N'ayant que ça à faire ou presque.

Dehors, Alessandro vient de mettre l'arrosage automatique en marche. Le chant des jets d'eau se mêle alors à celui des cigales heureuses. À la fois paysagiste et jardinier, il est celui qui s'occupe des extérieurs de la propriété. Il est surtout celui qui aime évoluer dans l'espace à la manière d'un nuage. La nature pour seule inspiration, il bêche, plante, taille et arrose sans se poser de questions. Entre verve et verveine, il sème au moment le plus opportun. Au fil des saisons et de ses connaissances en horticulture pour des récoltes aussi généreuses que lui.

Tout en réfléchissant à la manière de commencer son histoire, Speranza scrute ses pieds à l'autre bout de son lit. Elle compte et recompte encore. 1, 2, 3… 9 orteils.
Depuis longtemps.
Depuis toujours.
Depuis bébé.

Elle se demande où est passée cette infime partie d'elle-même. Au même titre qu'elle ignore où respire celle qu'elle a côtoyée autrefois, dans l'étroitesse d'un corps de mère. Pour combler le manque de sa *gemella mia,* elle rédige un haïku. Juste avant de fermer les paupières.

Allongée sur de la soie
une histoire couchée
dans un berceau d'émoi

3

Après le dessin vient le bain. Plaisir suprême, après la nuit. Serena se déshabille tandis que l'eau coule. Le cœur à la lenteur, elle aime se sentir nue comme aux premières secondes de la vie. Devant la glace, elle pose à la manière d'un modèle aux Beaux-Arts. Prenant un air ingénu, elle se contorsionne jusqu'à la déraison. Plus par curiosité qu'admiration, elle scrute jusqu'au bout des ongles ce corps ectomorphe à la discrétion envahissante, aux fesses trop plates, presque disgracieuses. Dans cette chair blanche qui est la sienne, souvent elle part à la recherche d'un indice providentiel sur ses origines. Une cicatrice ou une marque de naissance capable d'éveiller en elle un souvenir enfoui de sa prime jeunesse. L'émergence même imparfaite d'une voix familière ou d'un visage maternel.

De guerre lasse, Serena s'allonge dans sa baignoire sabot et se laisse bercer par les flots d'une eau chaude, presque intouchable. Jouer à résister à la douleur ressemble à un jeu masochiste où chaque brûlure est le bras d'une époque assassine incarnée par un *ersatz* d'amour parental et assassin qui la forçait à se laver dans une eau glaciale. Aux antipodes d'une douceur intra-utérine. Dans la vapeur, elle appelle de ses vœux sa *gemella mia* qu'elle enlace, par le rêve, d'une manière singulièrement étouffante.

Serena se concentre à présent sur les tambours de son cœur qui frappent à l'intérieur de sa poitrine et remontent jusqu'aux tempes. Un appel à la vie ou à l'aide ? Elle ne saurait dire. Dans l'onde gît son nombril qu'un cordon, depuis asséché, reliait au ventre d'une mère inconnue. Un creux, tout juste un orifice vide, aussi silencieux qu'une tombe de *Mater Dolorosa*. Un sillon de peau qui dessine un œil de Sainte-Lucie que Serena aimerait porter à son oreille pour écouter les élans du passé. « *Mamma, eri bella? Papà, che faccia aveva?* » s'interroge-t-elle. En quête de vérité sur l'image que pouvaient avoir ses parents, Serena s'empare à chaque bain d'un miroir de poche et décrypte l'héritage d'une génétique toscane dans son propre reflet. Visage vénusien, pommettes saillantes constellées de taches de rousseur, yeux bleu-vert perçants, bouche discrète, chevelure ondulante qui tombe en cascade jusqu'au milieu du dos. À chaque fois, les mêmes observations, les mêmes questions et la même déception. Aucun détail du corps ne lui dit de quelle origine il est issu. Du père ? De la mère ? À chaque bain, les mêmes zones d'ombre et la même amertume qui flottent comme un fantôme dans l'atmosphère vaporeuse.

Elle est songeuse, son regard se perd dans la vision de ses genoux entourés d'une auréole de mousse. Une frontière mince entre air et eau qui dessine deux îles coralliennes sur un lointain Pacifique. Serena se voit courir sur le sable d'un atoll avant de plonger tout entière dans l'eau transparente d'un lagon. C'est pourquoi elle se laisse glisser un peu plus au fond de sa baignoire, sous un manteau d'écume enivrante, plus légère encore qu'une neige. Un courant chaud parcourt son corps, envahit sa colonne. La fait frissonner. Ses doigts ouverts collés sur ses cuisses sont deux étoiles de mer. Immobile, Serena jouit d'un capiton de bulles de savon qui, tour à tour, rendent l'âme dans le calme de sa salle de bain. Elle baigne désormais dans une myriade de particules aqueuses. Loin du monde et plus proche que jamais de son désir intérieur. Ne plus penser à rien si ce n'est à cette image de paysanne des mers qui, après chaque marée, récolte le goémon le long des côtes. Une algue marine qui porte la mémoire d'un marin qui tarde à revenir de sa pêche. Et qui ne reviendra sans doute jamais.

Lors d'un ultime palier, Serena rêve d'atteindre les abysses de son imaginaire et se sentir telle une ancre plongée dans les profondeurs de sa solitude. C'est ainsi qu'elle prend une grande respiration pour une parenthèse apnéique. Surtout, ne plus respirer. Au-dessus d'elle, ciel et oiseaux disparaissent dans la petite lucarne embuée. Nul ne sait alors que Serena est en train de se noyer dans une joie simple, entourée de flacons disposés du plus petit au plus grand, sur le rebord émaillé. Comme des matriochkas.

Bruit zéro. Plus aucun signe de vie. Seul émerge le bout de ses seins silencieux entre des mèches de cheveux. Deux monts jaillissant au-dessus d'un épais brouillard qui transforme

Serena en un corps paysage qui bientôt connaîtra un tremblement de terre. La guerre peut advenir sur une portion du globe qu'elle n'en saurait rien. Les murmures de la ville ont eux aussi disparu. Stoppés net à la surface de l'eau. Seuls quelques lointains éclats de klaxon atteignent ses oreilles. Son bain est comme un utérus rempli d'un liquide au goût de savon. Elle fait fi des irritations et ouvre les yeux. Revit l'aventure *in utero*. Plus vivante que jamais, Serena fait la morte. À en crever. « Qui a dit que la mort était violente ? » se dit-elle. Chaque seconde écoulée accouche d'un temps qui, peu à peu, devient asphyxiant. En surface, l'eau se fait de plus en plus indocile. Sur son ventre crépite la mousse au rythme de ses palpitations. Signe que la vie demeure encore.

Ne plus respirer ? Serena ne peut plus. Il lui faut renaître et retrouver le présent à travers la musique. Satie ou Stréliski ? Elle choisit *Changing winds* pour charger ses poumons d'un air neuf.

Une fois sortie, elle s'enroule dans sa serviette et s'essuie avec intensité jusqu'à tuer les derniers frissons. « Mes doigts sont fripés comme ceux d'un nouveau-né », pense-t-elle.

« Vite, vite, mes chaussures ».

Comme souvent, Serena est en retard. Dans moins d'un quart d'heure, elle devrait avoir rejoint l'ambiance d'un atelier pour réaliser une série de nus.

Au moment de passer sa paire de chaussettes, Serena compte et recompte encore. 1, 2, 3… 11 orteils.

Depuis longtemps.
Depuis toujours.
Depuis bébé.

Elle se demande à qui appartient cette infime partie d'elle-même. « Est-ce à ma *gemella mia* ? » se dit-elle, tandis que dans sa poche résonne son smartphone.

— Allo, ma chérie ? C'est maman.

Sirène diaphane
aux phalanges étoilées
se noie dans un lit de mousse

4

Mon histoire a débuté dans l'utérus chaleureux, protecteur et nourricier d'une mère inconnue. Aux côtés de cette autre qui, neuf mois durant, a partagé ma vie, m'a prêté ses bras et offert sa joie dans une maison sans lumière. Jusqu'à cet instant de grâce à la fois inquiétant et libérateur qu'on nomme naissance.

C'est ainsi, avec des mots choisis, que Speranza a commencé à raconter la genèse de sa vie dans son carnet à la couverture écaillée rouge rubis. Elle a opté pour le français. Langue qu'elle adore et que lui a enseignée Alessandro depuis qu'elle est toute petite. Par jeu ou pour tromper l'ennui ? Pour l'heure, elle n'en sait rien.

« Surtout, veille à faire simple, avec la sincérité qui est la tienne », lui dit Zio Errio tandis qu'elle noircit ses premières pages. Pour lui faciliter la tâche, ce dernier lui a fabriqué un pupitre agrémenté de pinces. Ainsi, Speranza peut y fixer le dos de son carnet et y glisser chaque page terminée sous une fine tige d'acier. Sans la moindre difficulté malgré son handicap. Son stylo est attaché à une ficelle pour ne pas choir. « Que serais-je sans toi ? », dit-elle à Zio Errio.

Depuis qu'elle a commencé à écrire, le temps passe résolument plus vite. Les après-midi défilent. Écrire lui fait oublier son corps enchaîné et ses douleurs. L'écriture a, selon elle, mille autres vertus.
Écrire l'apaise.
La rend plus sereine.
L'empêche de ruminer.
Lui fait du bien à l'âme.

Désormais, Speranza s'endort facilement après le dîner alors qu'il y a peu, elle comptait les étoiles pour convoquer le sommeil ou rallumait sa lampe de chevet pour suivre le sillon d'une fissure au plafond. Le plus loin possible. Jusqu'à perdre sa trace et trouver le chemin de la nuit.

Jour après jour, Speranza jette l'encre sur un océan de papier dans l'idée de renouer avec les rives d'un passé enfoui sous du sable rose et gris. Chaque mot rédigé est une pièce de puzzle échouée sur une plage immense dominée par une dune arrondie qui rappelle le ventre d'une mère et le dôme d'un volcan. Deux pages quotidiennes, c'est son rythme de croisière.

Ainsi poursuit-elle son voyage intérieur.

J'ouvre les yeux. Je flotte en jolie compagnie dans une eau poisseuse. Aucun bruit autour de moi, de nous. Tout juste un glouglou. Parfois, je sens les parois de notre abri se contracter. Des pressions venues de nulle part qui perturbent notre tranquillité. Pour me rassurer, je cherche et trouve les mains de cette autre collée à moi. C'est fou comme elle me ressemble. Trait pour trait. Même couleur, même taille, même forme. J'aime à écrire qu'elle est mon miroir. Comme moi, elle aime quand nous nous enlaçons. Chacune sait quand l'autre dort ou préfère jouer avec ce cordon attaché à notre nombril. Ainsi qu'on le ferait avec une corde à sauter. Ensemble, nous grandissons à la vitesse d'une fleur de cosmos. Moi et ma gemella mia.

Speranza fait une pause, le temps de siroter une citronnade accompagnée d'une tranche de *panettone.* Zio Errio en profite pour lui passer un onguent qui soulage ses douleurs au poignet. Trop écrire lui donne des crampes.

— *Dopo lo spuntino, Andiamo fuori. Alessandro vuole vedere la sua principessa.*

Zia Aemilia l'invite à aller prendre l'air dans l'oliveraie où l'attend Alessandro. Il veut voir celle qu'il surnomme sa princesse Speranza. Avec prudence, Zio Errio la descend de la chambre puis l'installe dans sa chaise roulante.

Dehors, Alessandro prend le relais et l'accueille avec son large sourire. Lui demande toujours avec enthousiasme comment elle va. Avant de l'enlacer avec une tendresse magique. Speranza trouve qu'Alessandro porte le parfum de chaque saison. Tantôt le miel, les fleurs d'olivier, la terre humide, le bois et surtout l'odeur de la sève de tomate qu'il cultive avec science. Nombreux sont les grands chefs de la région qui viennent lui acheter ses tomates jaunes *Limmony* aux arômes d'agrumes. Speranza est sa goûteuse particulière. C'est à elle que revient le privilège de croquer dans la chair pulpeuse des nombreuses variétés anciennes. Certaines lui rappellent la douceur d'une mangue. D'autres, l'acidité du citron d'Amalfi. Alessandro lui dit qu'elle est la seule princesse capable de manger un morceau de soleil sans se brûler la langue. C'est elle aussi qui ouvre la vanne d'arrosage pour irriguer le sol craquelé du potager.

— *Ascoltate il suono dell'acqua, farà fiorire i vostri sogni.*

Alessandro invite Speranza à écouter le son de l'eau pour faire fleurir ses rêves.

— *Ha dei sogni principessa?*
— *Sì e no, ma scrivo.*
— *Lei scrive?*
— *Sì. La mia storia.*
— *Bravo.*

Avec une excitation non feinte, Speranza dévoile sa nouvelle occupation. Elle explique vouloir écrire un peu d'elle chaque jour, ne sachant pas très bien pourquoi cette idée lui est venue. Alessandro lui répond que l'origine du monde n'a pas d'importance. Que l'essentiel est le monde lui-même. Et que celui de Speranza mérite la symphonie des lumières pour éclairer sa propre paix intérieure.

— *Facciamo una passeggiata principessa?*
— *Sì, con piacere.*

Alessandro pousse le fauteuil et allume une *Diana*. La fumée d'un tabac blond semblable à un nuage d'été se perd dans l'horizon. Les yeux plongés dans le ciel, Speranza entend Alessandro lui dire que l'histoire qu'elle s'apprête à écrire est comme la forme d'un cirrus. Unique. Au cœur d'une roseraie en souffrance, les roues du chariot crissent sur le gravier, éveillent un souvenir ardent à Speranza. Elle envisage de le coucher dans son carnet une fois revenue dans sa chambre. Au sol, des pétales morts ressemblent à ses ongles de pieds vernis d'un rouge rubis.

Un jour, il y a ces cris tout autour de nous. Des cris aussi puissants qu'effrayants suivis d'un séisme de forte magnitude. Ma gemella mia *et moi, nous nous blottissons l'une contre l'autre pour un réconfort réciproque. Nous sentons que notre maison de peau est secouée, malmenée. S'ébrèche de toute part, perd peu à peu de sa substance vitale. Que se passe-t-il ? Ma* gemella mia *et moi ne demandions pourtant rien d'autre que de continuer à vivre dans notre berceau de mère. Les cris stridents s'intensifient tandis que ma* gemella mia *me serre. Fort. De plus en plus fort. Jusqu'à l'étouffement. Une incroyable pression agit sur les parois de notre abri de fortune. L'eau tiède et précieuse qui nous enveloppait jusqu'alors a totalement disparu. Le froid nous pique. Qu'allons-nous devenir, petites demoiselles fragiles dans notre coquille vide ?*

Exténuée, Speranza pose son stylo, hésitant déjà à poursuivre cet exercice douloureux. Pour le moment, elle n'aspire qu'à une chose : manger pour reprendre des forces après cette tempête intérieure. Ce soir encore, elle sait qu'elle s'endormira facilement. Tandis qu'elle rédige un haïku en pensant à sa *gemella mia,* une coccinelle se pose sur son bras. Sa carapace brille comme un pétale de rose après l'orage. Speranza ferme les paupières. La coccinelle reprend son envol pour aller se poser sur le rebord d'une fenêtre ouverte sur un monde calme, sans chaos. Juste le son d'un arrosage qui chante au loin au-dessus d'une terre aride.

Deux fleurs de cosmos
dans un berceau de mère
pleurent sous la pluie d'un été

5

— Bonjour, maman. Ça va ?
— Bien et toi ?
— Ça va. Je ne vais pas pouvoir te causer très longtemps car j'ai cours dans cinq minutes à peine.
— Je sais. Je souhaite te parler de quelque chose d'important. Un truc urgent. À quelle heure finis-tu ?
— 16 h.
— Parfait. Rendez-vous au *Pré aux Clercs* vers 17 h.
— OK. À tout'.

Le cœur battant, Serena raccroche. Elle se demande ce que sa mère a à lui dire de si important. De si urgent. De si indicible par téléphone. Au point de ne pas avoir dit un mot de *Rosa de Lux*. Une chaîne de magasins de fleurs exotiques que sa mère Agnès s'évertue à semer dans les principales capitales européennes. À Paris, Berlin, Lisbonne, Bruxelles, Madrid, Rome et Londres.

Soucieuse, elle termine de faire ses lacets. Peine à se relever de son sofa, le corps alourdi par une étrange intuition. Sur le parquet gît une carcasse de coccinelle. Serena recueille la dépouille au creux de sa main puis l'enterre au pied de son bonzaï. «Maman devrait être à Rome en ce moment», pense-t-elle, avant de prendre la tangente. Dehors, la rue Visconti est déserte. Aucune vie à l'horizon. Pas même un chat ou un vélo.

Devant son chevalet, Serena n'a pas le cœur au dessin. Monsieur Stern, qui s'en est aperçu, s'approche à pas de loup pour s'assurer que tout va bien. Serena acquiesce. En retour, son professeur l'invite à se laisser guider par cet air tragique qui assombrit son regard. Il aimerait que l'élève transfigure le corps de Mathilde. Un modèle vivant que Serena n'a, jusqu'alors, jamais dessiné. Au milieu de l'atelier, elle découvre une silhouette aussi tendue que la sienne. Mâchoire serrée, posture altière, épaules excessivement relevées, Serena devine que cette femme pose pour la première fois ou presque. Son corps est beau, particulièrement bien proportionné. Différent des précédents, car plus mûr. Plus Serena observe Mathilde, plus elle lui rappelle une autre femme. Un vague sentiment de déjà-vu. Elle cherche, mais ne trouve pas.

De sa craie sanguine naissent les premières courbes. Une ébauche qui tutoie déjà l'harmonie. Lorsque Serena tend le bras pour mesurer quelques proportions, son regard croise celui de la poseuse. Elle lui sourit pour la remercier de s'être mise à nue devant tant d'élèves à la fois. La rassure. Lui fait comprendre que tout va bien se passer et que sa pose est parfaite. Mathilde lui retourne un sourire timide tandis que ses mains tremblent malgré la chaleur. L'une est posée sur son sexe tandis que l'autre cache une part infime de sa poitrine.

Le soleil de l'après-midi inonde les verrières de l'atelier et sublime la peau blanche du modèle qui désormais a tout d'une statue grecque antique. Serena doit composer avec ce phénomène impromptu, lorsque certains détails anatomiques disparaissent dans un bain de lumière inédite. Mathilde se voit ainsi privée de nombril, de grains de beauté et de vergetures. Son buste est celui d'une poupée de porcelaine. Lisse et doux.

L'esquisse avance à l'allure d'une vague sur les rives de Chypre. Il revient à Serena de peaufiner ce visage recouvert de spleen et de plénitude. « À qui me fait penser cette tête penchée sur le côté et ces cheveux blonds en cascade sur les épaules ? » se demande-t-elle. Jusqu'à cette seconde où le mystère s'éclaircit. « J'y suis. Simonetta Vespucci. Du moins, elle lui ressemble ». Le temps d'une pose, Mathilde a, malgré elle, redonné vie à la célèbre *Vénus* peinte par Botticelli. Six siècles plus tard, elle trône au beau milieu d'un atelier parisien. Ne manque que l'immense conque d'un coquillage sous les pieds fins et longs de Mathilde.

La séance terminée, monsieur Stern contemple d'un air satisfait l'étude de Serena.

— Votre nu est assez réussi, je dois dire. Il est surtout très vrai. N'y voyez aucun cynisme, mais il semblerait que le tragique ait chez vous des vertus créatrices. Continuez sur cette voie, jeune fille.

— Merci, monsieur Stern.

Rue Bonaparte, Serena aperçoit Mathilde se contorsionner pour entrer dans une Fiat 500. Le bruit du moteur au loin résonne en elle comme une comptine surannée dans les rues d'Arezzo. Dans moins d'une heure, elle se voit pousser les portes du *Pré aux Clercs* pour accueillir cette fameuse *chose importante*. « Est-ce une vérité sanglante et assassine ou une banale révélation que maman souhaite m'avouer ? » soliloque-t-elle. Dans sa tête se télescopent autant d'idées que de frayeur. Les mots *maladie, accident, origines, chimio, sœur, faillite, Italie, passé* fusent sur le trottoir qui la ramène jusque chez elle.

Après avoir rangé sa *Vénus* entre deux dessins de cyprès, Serena se rafraîchit le visage et allume une cigarette, comme celle d'une condamnée avant l'échafaud. D'instinct, elle sait que sa quiétude va bientôt être mise à mal par un tremblement sonore qui lui fera sentir le sol se dérober sous ses pieds.

La rue Visconti est toujours déserte. Aucune vie à l'horizon. Pas même un chat ou un vélo. Serena marche, vent dans le dos. Un zéphyr qui doucement la pousse vers l'espoir de renouer avec sa *gemella mia*.

« Si c'était ça ? Si c'était elle ? » se demande Serena au moment d'entrer dans la brasserie.

Naissance de Vénus
dans une onde sanguine
l'œuvre de Botticelli

6

À peine réveillée, Speranza songe encore à la suite à donner à son histoire. Doit-elle raconter sa vie entière ou les événements les plus marquants ? Va-t-elle respecter la chronologie ou faire un bond dans le temps ? Va-t-elle tout simplement tout arrêter ? Et opter pour un choix sans équivoque, net et sans bavure ? Pour ne plus avoir à subir l'épuisement qui succède à chaque moment d'écriture. Pour l'instant, elle n'en sait rien. Ce qu'elle veut, c'est manger. Faire taire son estomac. Et reprendre des forces après une nuit qu'elle n'envisageait pas si agitée. Une faim étrange la tiraille. « Serait-ce l'écriture ou le manque de sommeil qui m'ouvrent à ce point l'appétit ? » se dit-elle. Des borborygmes résonnent au creux de son ventre, se confondent avec les craquements familiers du parquet du couloir qui mène à sa chambre. Comme chaque matin à la même heure, Zio Errio et Zia Aemilia frappent à sa porte.

— *Entrate.*

À l'habituelle question *« Come stai stamattina ? »*, Speranza préfère mentir. Elle affirme que tout va bien et garde pour elle le ruminement qui a dévoré une partie de sa nuit. Férocement. Ainsi, elle ne dit rien de ces heures sombres et blanches qu'elle a vues défiler sans pouvoir fermer l'œil, l'esprit tout entier plongé dans d'existentielles questions. Jusqu'aux aurores. Elle aurait aimé pouvoir faire comme tout le monde. Se lever, boire un verre, prendre le frais par la fenêtre, lire un livre. S'extirper de son lit pour fuir une musique provenant d'un piano désaccordé, tandis qu'à l'extérieur, des centaines de grillons célébraient une nature assoupie.

Zio Errio ouvre machinalement les persiennes. Ne remarque rien. De son côté, Zia Aemilia lit les poches sous les yeux de Speranza.

— *Sembri stanca.*

— *Sì. Ho dormito male. Una zanzara mi ha disturbato durante la notte.*

Speranza creuse un peu plus le sillon de son affabulation en faisant croire qu'un moustique a eu raison de son sommeil. Un mensonge qui devient vérité lorsque Zio Errio lève la tête et prend un air ébahi. Une myriade de moustiques mouchette le plafond de la chambre.

— *Santo Cielo. Alessandro?*
— *Sì?*

Dehors, les pschitt, pschitt, pschitt de l'arrosage automatique cessent, net. Comme la pluie à la fin d'un orage. Alessandro coupe l'eau et s'en va traiter les abords de la propriété. De son côté, Zio Errio mesure la fenêtre de la chambre pour confectionner une moustiquaire. Speranza reste coite. Elle ne se souvient pas avoir entendu le moindre moustique tourner autour de ses oreilles. À présent, ses bras, son cou et le haut de sa poitrine la démangent. Sur sa peau se répandent des piqûres qui ressemblent à un champ de coquelicots. Speranza se gratte comme elle le peut. Zia Aemilia s'empresse d'aller chercher son huile de lavande pour soulager l'épiderme. Un terrain aride et fragile qu'une armée d'insectes a piqué sans retenue, le temps d'une nuit. Lui suçant le sang jusqu'à plus soif. Sans scrupule. À la manière d'un avion de guerre qui largue ses bombes au-dessus d'un village abritant la vie d'innocents endormis.

Soulagée, Speranza exprime sa soif d'écriture. Zia Aemilia l'aide à faire sa toilette et lui brosse les cheveux pendant que Zio Errio chasse et écrase les moustiques. Jusqu'au dernier. Tous deux s'en vont, l'âme au diapason. Referment la porte, laissant derrière eux une chambre saine et inspirée.

Devant sa page blanche, Speranza se jure de continuer à écrire sans jamais travestir la moindre vérité.

Un froid glacial envahit désormais notre abri. Les cris ont fait place à une clairière de voix douces. Mes doigts s'agitent dans le vide à la recherche de ma gemella mia. *Où est-elle ? Inquiète de ne plus la sentir près de moi, je sens mon corps de bébé trembler d'incertitude. Ma maison vide semble morte. Plus aucune source d'amour et de nourriture. Je ne bouge plus quand soudain, des mains comme des tentacules saisissent mon corps transi de peur. Une matière cotonneuse pleine d'un liquide frais m'aide à ouvrir mes paupières collées. L'heure des premières lueurs a sonné.* Prima luce. *Mes pupilles sont radieuses. Un bip se met à retentir à intervalles réguliers. On m'enroule dans une couverture et ne suis plus en mesure de chercher ma disparue. Ma* gemella mia, *je suis désenchantée. Tu es partie ? Mais où ? Bip. Dois-je comprendre que tu m'as abandonnée ? Cette idée m'angoisse et m'étouffe. Je manque de toi et je suffoque. Ta présence est mon oxygène. Le froid me dévore. Bip. J'ai mal au thorax, au corps, partout, depuis qu'une masse épaisse appuie sur mes poumons. M'enserre comme une pieuvre. Bip. J'étouffe de plus belle. On me tape le dessous des pieds. Je n'ai pourtant rien fait de mal. Croix de bois, croix de fer, si je mens... Bip. Promis, je ne mentirai pas. Bip. Au loin retentissent des pleurs de bébé. Je sens que ce sont ceux de ma* gemella mia. *Que lui arrive-t-il ? Bip. Bip. Tétanisée, je ne respire plus. Une bouche se pose sur la mienne. Bip. Bip. Bip. Gonfle mes poumons. Une douleur plus sourde encore irradie ma poitrine, frappe mon cœur en souffrance. Biiiiiiiiiiiiiiiiip. Arrêt cardiaque. Injection d'adrénaline. Massages. Je sens qu'une part de moi se meut, l'autre pas. De nouveau un cri.* Poverina, è nata morta! *Destination enfer.*

Speranza referme son carnet comme un dessus de cercueil. Elle se met à écouter les battements plus ou moins réguliers de son cœur de vivante. Histoire de renaître avec le réel dans ce qu'il peut avoir de merveilleux malgré son état de santé. Elle tente de se convaincre que ce qu'elle vient d'écrire appartient bel et bien au passé. Mais le fait d'avoir conjugué ce passé au présent la fragilise en un rien de temps. Elle s'interroge sur la part fictionnelle de son récit et l'objectivité de sa mémoire. « Et si cette histoire de *gemella mia* n'était au fond qu'un fantasme ? » se dit-elle. Si cette vie qui est la sienne n'était que pure invention ? Une extraordinaire mise en abyme d'un scénario qui n'aurait jamais vu le jour. Speranza aimerait se réveiller. Se dire que tout ça n'a jamais existé. Que son intuition se trompe. Que ce qu'elle a écouté un jour de la bouche d'Alessandro n'est qu'une allégorie. Rien de plus. Qu'elle-même, peut-être, n'a jamais vécu. Ou alors ailleurs, autrement, normalement. Comme tout le monde. Elle voudrait se pincer pour y croire mais n'y parvient pas. Car elle sait déjà que ce qu'elle écrira par la suite contiendra les preuves indéniables d'un polar écrit à l'éther.

Speranza a perdu l'appétit. Seul un *caffè latte* lui ferait envie. Au jardin, l'arrosage automatique irrigue les allées de pavots sauvages. Speranza rêve d'en cueillir pour sa *gemella mia.* Le jour où celle-ci reviendra. Bientôt, demain, trop tard ou jamais ?

Vernix caseosa
l'âme en apnée
dans un champ d'ortie

7

Installée devant un *cappuccino*, Serena observe les passants défiler rue Jacob. Son regard se perd dans un décor de lys sur une vitrine voisine lorsqu'elle aperçoit une silhouette marcher au loin, en pointillé. « Maman ». Impatiente, elle croit reconnaître l'élégance de sa mère à travers une femme tout droit sortie d'un tableau de Seurat. Une ombre qui court on ne sait où et qui finalement, s'éloigne du *Pré aux Clercs*.

— *Amore*, bois ton *cappuccino*. Il va être froid.
— Je sais, mon chéri.
— Tu veux que je te le réchauffe ?
— Merci, ça va aller. Tu peux m'apporter autre chose ?
— *Che cosa?*
— Un truc un peu fort. Genre liqueur.
— *Sì. Torno subito,* répond Massimo.

D'un trait, Serena avale son verre de *Frangelico*. Dès la première gorgée, elle sent ses joues s'empourprer. Elle sait que c'est ainsi qu'elle arrivera à dompter son impatience. Ses mains nerveuses triturent le bracelet que lui a offert Massimo le jour de leur un an. Un amour né un matin d'automne, lors d'une promenade dans les jardins du Luxembourg. Serena se souvient de cette minute audacieuse où elle a demandé à ce serveur qu'elle connaissait à peine, s'il était disposé à venir chez elle. Un jour ? Ou un soir, même tard, à la fin de son service. Pour poser une heure ou deux contre un peu d'argent. Le temps de réaliser de son côté, quelques croquis. Nu ou habillé ? Peu importait. Ce jour-là, en foulant un tapis de feuilles ambrées, Massimo avait répondu spontanément « *Sì*, demain, c'est la Toussaint. Je suis de repos ». Le lendemain, tandis que sous un ciel bas, les Parisiens célébraient les morts, Serena s'appliquait à dessiner un modèle vivant. Un corps inconnu et docile, à la peau bronzée malgré la saison. Elle se souvient l'avoir vu se déshabiller sans pudeur, jouant le jeu de l'art sans trop se poser de questions. Elle se souvient aussi de ces histoires que Massimo lui racontait entre deux poses. Celle d'une petite fille qui, des années durant, avait vécu sur les bords d'une rivière sans oser la traverser pour voir ce qu'il y avait de l'autre côté. Jusqu'à ce jour unique où elle osa traverser. Parce qu'il était temps et qu'elle n'avait plus peur. C'est ainsi également qu'elle sut qu'Hemingway avait établi ses quartiers au *Pré aux Clercs* dans les années 20 pour savourer l'âme de Paris en compagnie de sa première femme, Hadley. Serena adora cet après-midi, annonciateur d'une histoire avec ce *barista* qu'elle n'avait vu œuvrer jusqu'à présent que derrière le comptoir d'une brasserie. La séance dépassa le temps convenu. Sur le Velux de son studio, la neige légère d'un hiver précoce masquait les lueurs de la ville. Recouvrait les allées des cimetières parisiens fleuris de bruyères.

Après s'être rhabillé, Massimo déposa un baiser au coin des lèvres de Serena, comme un présent au pied d'un sapin. Puis il rentra chez lui sans qu'il lui soit utile de dire « À demain ».

« Cette fois, c'est elle ». Serena reconnaît la Mini estampillée *Rosa de Lux* qui peine à se garer dans un trou de souris. Fébrile, elle se lève et commande une autre liqueur. Son état est celui de cette petite fille qui craint de traverser le lit d'un fleuve pour aller sur la rive d'en face. Mère et fille s'embrassent avec une maladresse réciproque. « Cette fois, maman n'ira pas par quatre chemins », se dit Serena qui sent le sol se dérober sous ses pieds sous l'effet d'un regard maternel sombrement inquiet. Agnès évite les banalités et se met à dépeindre un tableau qui n'existe dans aucun musée à travers le monde. Une œuvre sombre et baroque qui se juxtapose à côté d'une toile aux couleurs chatoyantes. *Sœur, jumelle, Toscane, hémiplégique, souffrance, avion, Rome, Fiumicino* cognent dans les oreilles de Serena. Comme un *uppercut*. Chaque détail dépasse l'entendement et fissure un peu plus son équilibre. À la question « Pourquoi me l'avoir cachée ? », Agnès répond qu'elle ignorait l'existence de cette jumelle, là-bas, en Italie. Jure même qu'elle ne savait pas et avale à son tour un cognac pour invoquer l'ivresse qui soulagera sa nervosité. En retour, Serena lui avoue avoir souvent ressenti la présence d'une âme de sœur enfouie en elle. Une copie conforme de son être qu'elle vivait comme un phénomène presque surnaturel. Un écho qui venait la cueillir au moment où elle s'y attendait le moins. Une présence familière qu'intimement elle a baptisée sa *gemella mia*.

Agnès tend une enveloppe avec, à l'intérieur, un billet aller-retour pour Rome. Serena panique. « Comment ça, demain ? Et mes cours ? J'y vais seule ? Comment je ferai une fois sur place ? » « Alessandro. C'est lui qui viendra te chercher à l'aéroport. Alessandro est un ami de longue date. C'est lui qui te racontera l'origine de cette histoire. De *ton* histoire. Veux-tu de l'aide pour préparer ta valise ? », conclut Agnès timidement.

— Non. Merci, maman.
— Ça va aller ?
— Oui. T'inquiète.

Le séisme prend fin. La vie tranquille reprend son cours. Abasourdie, Serena relève la tête et observe les clients impassibles du *Pré aux Clercs* devant leur consommation. Le décor est intact. Ni verres ni bouteilles brisés. À ses côtés, un groupe de Japonaises s'amusent à contempler leurs *selfies* réalisés devant les monuments de la capitale. Pour ces touristes insouciantes, Paris est une fête. Baignant entre joie et colère, Serena n'a qu'une envie. Rentrer chez elle pour se retrouver seule, crier seule, manger seule, pleurer seule, dormir seule. Le regard hagard, elle explique dans les grandes lignes à Massimo, ce qu'elle vient d'apprendre. Et ce qui l'attend.

— Courage, *amore*. Tiens-moi informé.
— Promis, mon chéri. *Ciao.*

Sa valise bouclée, Serena sort fumer quelques cigarettes. Quai de Conti, le pont des Arts l'invite à rejoindre la rive d'en face. Sous ses volutes, Paris est une mélancolie.

Pétale flétri de sœur
la bruyère prend racine
sur un nuage de lait

8

Sous une aube noirâtre, Speranza écoute Zio Errio, la bouche pleine de jurons, ramasser les branches arrachées des oliviers. Des bourrasques ont traversé le pays, écorchant la nature et les villes. À la télévision, on raconte que l'orage dantesque aurait fait chavirer un énième Zodiac au large de Pozzallo. Chaque semaine, des bateaux de fortune coulent au large des côtes italiennes sous le poids des peurs de centaines de migrants. La mer est un cimetière à ciel ouvert au-dessus duquel planent des mouettes rieuses et faméliques. Sous le bleu aquatique, l'obscurité des abîmes avale la laideur d'un monde malade, au pied d'une Europe vieille et défraîchie par trop d'hypocrisie.

Devant son carnet, Speranza est à la peine. Dans sa tête, les maux sont pourtant prêts à jaillir. Elle devine la douleur que ce sera de les coucher sur le papier. Elle redoute l'épreuve pénible, aussi ardue que l'ascension du K2.

Surtout depuis qu'un œdème pulmonaire s'est invité dans sa vie, rendant son souffle intensément plus court.

Un son rauque et effrayant crève le ciel et ses tympans. Celui d'une interminable nuée de corneilles mantelées. Leurs croassements pénètrent sa chambre et la font suffoquer. Entre dyspnée et incoercibles tremblements, le corps de Speranza se transforme en une plaque de marbre cyanosé. Prisonnière, elle attend que l'orage intérieur passe. Dans le chrome de sa barre de lit se reflète un visage en sueur, blême et décomposé. Plus rien en elle ne répond. La peur redouble lorsqu'elle imagine une corneille entrer et lui dévorer les yeux. Une vision maléfique qui fait jaillir d'entre ses jambes une miction chaude, puis tiède, puis froide. L'urine inonde alèse, draps, robe et fierté. Se répand et décolore le parquet ciré. L'odeur d'ammoniaque se fait de plus en plus intense, à l'image de sa honte. Son lit est un Zodiac sur un lac d'urée qui ne demande qu'à être secouru.

— *Aiuto!*

Zia Aemilia s'empresse de monter voir. *« Dio mio, che cosa succede? »*, lance-t-elle, paniquée.

En psalmodiant, elle déshabille Speranza avant d'éponger le sol. Chacune rassure l'autre en répétant que ce n'est rien. D'ici peu, il n'y paraîtra plus. De soulagement, Speranza pleure de se sentir aidée. Ses larmes tombent sur la peau de Zia Aemilia comme les perles d'un collier cassé. Péniblement, elle retient la vérité pour ne pas vomir la tétanie qu'elle vient de subir. « Était-ce l'effet d'une simple peur ou le signe d'une dégradation intérieure ? » s'interroge Speranza qui préfère demander le menu du jour.

— *Bucatini alla carbonara con guanciale,* lui répond Zia, soucieuse.

Un stylo pour piolet, Speranza aimerait poursuivre l'ascension de sa narration. Mais pour l'heure, elle se sent incapable d'affronter le blizzard d'un refuge en bois capitonné de soie. Face à elle, le blanc du papier est un tapis de neige sur lequel toute écriture s'effacerait dans le froid des flocons, à l'instar d'une encre sympathique. Elle sait aussi que sa main gelée glisserait sur le versant incliné de son pupitre pour retomber, vaincue, sur des draps immaculés.

Dehors, des *chemtrails* griffent un ciel de traîne orangé. Les avions vont et viennent comme un passage de cigognes entre deux saisons. Une image qui lui rappelle qu'Alessandro devrait bientôt rentrer de Rome.

En plein vol de jour
une aile de cigogne
caresse le ciel

TERRE MÈRE

1

— Aéroport de Roissy, s'il vous plaît.
— Bien, madame.

À l'arrière du taxi, Serena regarde les immeubles haussmanniens défiler en ne pensant qu'à Rome. Son application l'informe que le trafic aérien est perturbé en raison d'un incident technique. Et que son avion partira avec plus d'une heure de retard. Serena s'en moque, laissant au destin son pouvoir d'action. Un vol de nuit qu'elle passera à lire étant donné qu'elle n'a pas sommeil. Le chauffeur lui demande où elle va. Elle répond « Rome », puis détourne le regard du rétroviseur pour éluder d'autres questions. Au loin, des avions décollent. Signe que l'incident n'est sans doute pas trop grave.

Dans l'aéroport, elle se mêle à la foule postée sous l'écran des horaires. Certains s'affairent en direction de leur porte d'embarquement. D'autres protestent en découvrant leur retard. Une marée d'oiseaux aurait endommagé les réacteurs d'un avion en plein atterrissage. La direction de l'aéroport s'excuse du désagrément et informe les voyageurs que des mesures de sécurité doivent être prises. Sur le tarmac, une fourmilière d'agents vêtus d'un gilet jaune est déployée sur les pistes pour aider à l'évacuation des passagers. Sans empressement, Serena enregistre ses bagages puis rédige un SMS à cet Italien qui, d'après sa mère, maîtrise parfaitement le français. « Bonjour, Alessandro. Désolée, mais mon avion aura du retard. Arrivée prévue aux alentours de 2 h du matin. Merci. Serena ». Dzzzz, dzzzz. « *Ciao* Serena. De mon côté, je suivrai le statut de votre vol. J'ai prévu d'arriver un peu en avance. Bon voyage. Alessandro ». « Merci à vous. À tout à l'heure. Serena ». Dzzzz, dzzzz. « *Prego*. Alessandro ».

Paris CDG. Terminal 2F.

Au moment d'embarquer, Serena ressent l'envie de rebrousser chemin. Retourner chez elle, dans son quotidien parisien. Abandonner l'idée de redécouvrir ses terres natales où l'attendent possiblement autant de douleurs que de joies. Dzzzz, dzzzz. « Comment ça va, *amore* ? ». Serena répond à Massimo qu'elle a moins peur de voler que d'arriver. Dzzzz, dzzzz. « Tout va bien se passer. Courage et bon voyage. T' ♥ ». « Idem, t' ♥. Même en mode avion. Je file. Bisous ».

Pendant le vol, Serena finalement ne lit pas. Elle passe son temps à réfléchir à ce qu'elle va dire, une fois arrivée sur place. À Alessandro, à sa sœur et à ces personnes qu'elle va rencontrer au cours de son périple en terre mère. Elle révise quelques formules de politesse italiennes entre deux coups d'œil à travers le hublot. Les stratus lui rappellent ces barbes à papa qu'elle dévorait à la fête foraine lorsqu'elle était enfant. La tête dans les nuages et le cœur en rêve, elle entend à peine sa voisine lorsque cette dernière lui tend un paquet de *chewing-gum*.

— Vous en voulez un ?
— Non merci.
— Lorena. Enchantée.
— Enchantée, Lorena. Moi, c'est Serena.

Lorena est brésilienne. Le genre de femme qui, sans qu'il soit utile de lui demander, se met à parler d'elle. Livre sa vie comme un colis que Serena reçoit sans trop savoir qu'en faire. Le voyage de Serena prend une tournure loquace qu'elle ne soupçonnait pas. Les nuages font place à un paysage de favelas où règne la pauvreté. Aux antipodes d'une carte postale de la baie de Rio au pied du Corcovado. Dans un français approximatif, Lorena explique qu'elle vient de São Paulo. Qu'elle voyage partout en Europe pour perfectionner son anglais. Qu'elle a pour passion les langues étrangères et qu'elle aurait aimé devenir interprète. Mais qu'elle n'a jamais eu assez d'argent pour étudier. Qu'en attendant, elle est employée de maison à Rome. Elle dit gagner sa vie correctement, mais que ce n'est jamais assez étant donné qu'une partie de l'argent sert à aider sa mère à élever ses nombreux frères et sœurs. Lorena est l'aînée d'une fratrie de quinze enfants. Elle dit n'avoir jamais connu son père tué il y a longtemps dans une guérilla urbaine. Elle dit être heureuse après avoir vu pour la première fois sa dernière petite sœur née il y a peu. Lorena conclut en disant que sa mère n'est bien que lorsqu'elle est enceinte.

— Et toi, Serena ? Que vas-tu faire à Rome ?

— Comme toi. Je vais voir ma sœur pour la première fois.

— Cool.

Lorena sourit.

À l'horizon, la côte tyrrhénienne étire sa colonne de sable. L'avion est sur le point d'atterrir. Serena attache sa ceinture et sent une boule d'angoisse gonfler dans sa gorge. « Tout va bien se passer », lui dit Lorena en lui tenant le bras. Serena ignore si Lorena parle de l'atterrissage ou de sa sœur. Les freins de l'Airbus se serrent autant que ses paupières lorsque crissent les roues sur le champ d'asphalte rythmé de lumières jaunes. Bavarde jusqu'à la fin, Lorena souligne qu'un atterrissage s'apparente à un accouchement. Beaucoup de bruit et d'énergie déployés avant que les portes ne s'ouvrent pour libérer des vies.

En bas de l'escalier d'embarquement, Serena se baisse, pose ses mains sur le sol tiède et rugueux et laisse tomber une larme. En un rien de temps, cette larme s'évapore d'un sillon de goudron. Dzzzz, dzzzz. « Je vous attends près des tapis à bagages. Alessandro ». « Ok. À tout de suite. Merci. Serena ». D'avance, Serena devine qu'Alessandro l'attend avec son prénom écrit sur une feuille. Elle n'a aucun mal à reconnaître celui que sa mère a décrit la veille comme « Plutôt bel homme ».

— *Ciao,* Serena. Ravi de faire votre connaissance.

— Bonjour, Alessandro.

Serena marche aux côtés de celui qui, le plus naturellement du monde, vient de l'embrasser sur le front et s'occupe de sa valise.

— Avez-vous fait bon voyage malgré ce retard ?

— Ça peut aller. Ça vous gêne si on se dit *tu* ?

— *Non mi dispiace.* Si tu veux, Serena.

— Maman a raison. Tu parles très bien français.

— *Grazie.* Je me débrouille. Toi, tu as fait un peu d'italien, je crois. Non ?

— *Si, un po.*

— *Allora, andiamo,* Serena.

Des notes hespéridées parfument l'habitacle en cuir rouge d'une Alfa véloce. Une sonate pour piano résonne et masque le son du turbo. Tout va vite, s'accélère. Après quelques kilomètres, les premiers vestiges de la ville antique s'élèvent sous les yeux de Serena. Des siècles de pierres sculptées défilent à la vitesse des images d'un film tourné en caméra super 8. Moteur. Action. Ça tourne. Le Colisée se dresse comme un colosse entre les cyprès. Des Vespas au style mythique doublent avec insolence, laissant traîner derrière elles un sentiment puissant de liberté. « *Roma, la notte,* à cette heure, c'est très joli », lance Alessandro. Un monologue agréable berce Serena. Une prosodie au cours de laquelle elle apprend que Fellini a réalisé des scènes de la *Dolce Vita* au *Monte Palatino*. Qu'au loin, l'ombre des pins découpée dans la nuit servait de décor. Depuis, rien n'a vraiment changé. Pas même la couleur des écorces.

Plan séquence sur un long silence.

L'Alfa traverse le Tibre pour atteindre le quartier de *Trastevere* et l'entrée d'une immense propriété. D'une voix feutrée, Alessandro dit « C'est là qu'est née ma passion pour les fleurs ».

Travelling avant.

Serena est subjuguée par les couleurs d'un jardin éclairé de tous côtés. Un Éden au cœur de Rome où des flocons de pétales blancs tombent en saccades sous l'effet d'un *libeccio*. Au fur et à mesure qu'ils avancent, Alessandro énumère le nom de quelques variétés. C'est ainsi qu'entre deux plages de galets, Serena découvre pour la première fois le visage végétal des agapanthes près d'une mer de buglosses. Une étendue bleue et sauvage où règne une sculpture de femme. « Qui est-ce ? », se demande Serena, troublée.

Derrière la végétation dense, le dôme illuminé de la basilique Saint-Pierre veille sur la chapelle Sixtine. Jamais Serena n'en a été si proche que ce soir.

— *Ecco. Spaghetti alla puttanesca.* Tu aimes ?
— Oui. Merci.
— Ta chambre te convient ?
— Tout est parfait. Merci, Alessandro.

Devant une assiette parfumée de câpres et d'olives, Serena se dit qu'on ne devrait jamais manger des pâtes ailleurs que dans un jardin. Elle qui ne boit jamais de vin rouge découvre un plaisir qu'elle ne soupçonnait pas. Celui de s'enivrer avec un *brunello* le temps d'une balade au milieu des fleurs. Serena fume une énième cigarette dans la nuit italienne. Rejoint Alessandro près de la statue. Elle l'observe en train de photographier un papillon géant posé dans l'herbe. Un *Saturnia del Pero* qu'on appelle également grand paon de nuit. Serena note l'absence d'un orteil à la base de la silhouette en marbre. « Probablement cassé lors d'un orage de grêle », se dit-elle, troublée de nouveau.

Lasse, Serena regagne sa chambre. Sur la légèreté d'un oreiller en plume l'attend un carnet paré d'un motif de roses. Ainsi qu'un petit mot. « À dessein, quelques feuilles pour dessiner les joies des lendemains et accueillir une nouvelle décennie. Bon anniversaire. Alessandro ». Serena s'endort sous un flot de délicatesse et d'ivresse en songeant à cette fleur qu'elle ne connaît pas encore. Il lui tarde de sentir son parfum.

Histoire d'âme à fleur de peau
aux racines enfouies à l'ombre
d'un pot de fleurs

2

Il n'est pas rare de me réveiller en sursaut. Toujours ce même cauchemar dans lequel je marche dans une forêt dense où les arbres jouent à m'enserrer jusqu'à l'étouffement. Ma main agile s'écorche de trop repousser ces parois de bois. Envie de fuir cette nuit démoniaque. J'avance et me débats en dénouant au fur et à mesure les lianes oppressantes. Tic, tac, tic, tac. Mon temps est compté. Péniblement, je respire. Ma bouche inspire le peu d'air qui provient d'entre les branches. Je frappe les troncs qui sonnent aussi creux qu'une porte. Toc, toc, toc. Un acouphène timide me chuchote à l'oreille que je vis encore. Envie de jouir du jour. Soudain mes doigts glissent sur une matière soyeuse et froide. Bien différente de ce berceau de mère dans lequel une chaleur nourrissante nous enveloppait.

Où sont passées ces heures magnifiques passées aux côtés de ma gemella mia *? Lorsque, ensemble, nous luisions comme deux feux follets au sein d'un lac enchanté. Mon estomac grogne. De colère et de faim. Car j'ai faim. D'existence, d'amour, de lait, de lumière.*

Envie de manger la vie même si je sens qu'une moitié de moi dort d'un sommeil de roi. Bing, bing, bing. Cette fois, ce n'est pas moi qui frappe. J'ai peur alors je pleure, je crie, pleure en criant. À m'en époumoner et m'asphyxier dans mon propre carbone. Toc, toc, toc. Envie d'espérer. Mes ongles fragiles griffent le bois de hêtre qui me sert de ciel. Envie de renaître. Bing, bing, bing. Le vacarme transperce le silence de ma forêt assassine. Arrache un à un les arbres qui m'empêchaient d'avancer. Mes yeux recouvrent la vue à travers une lueur de vie que je croyais à jamais perdue. La nuit s'éteint. Je mange la lumière, jouis du jour et de ma renaissance. Une peau à la rugosité agréable m'offre mille caresses sur les joues. Je tends l'oreille pour ne pas oublier la voix de mon sauveur répétant cette louange « Piccolina Stella, grande Speranza ». *Merci, Alessandro.*

De trop avoir écrit, la main de Speranza se referme comme une fleur à l'heure bleue. Zio Errio lui dit que prendre l'air lui ferait le plus grand bien. Qu'il est temps d'aller acheter son cadeau d'anniversaire. *« Zia Aemilia è già pronta per andare a prendere un gelato ad Arezzo »*, conclut-il. Entre deux expectorations rosées, Speranza savoure l'instant à venir.

Dans la boutique, le choix de Speranza est immédiat. Un stylo plume en laque précieuse couleur ivoire rehaussé de garnitures dorées. La vendeuse demande si une gravure lui ferait plaisir. Speranza répond un *« Sì! »* enthousiaste, précise *« Il mio nome di battesimo »* avant d'hésiter au moment d'épeler les lettres de son prénom. Elle part avec son cadeau avec les yeux d'un enfant. L'étui en bois clair recouvert de soie rappelle celui d'un cercueil de bébé.

À la *gelateria Paradiso*, Speranza opte pour une glace au yaourt mélangée à de la fraise. Tout en savourant ce dessert qui ressemble à des coccinelles prises dans une avalanche de crème, elle pense à sa *gemella mia*. *Piazza Guido Monaco*, une question tourne en boucle dans sa tête. « Que fera sa jumelle le jour de leurs 20 ans ? Une Fête, un restaurant, un voyage ? Où sera-t-elle demain ? »

Sur la *via nazionale* qui la ramène à Levane défile un paysage de Toscane qui, par son silence, ne l'aide en rien. Speranza suit du regard les kilomètres de fils électriques qui lacèrent la plaine et les vallons dans l'espoir d'éclairer son futur. Des lignes plus ou moins courbes, comme celles du destin inscrit au creux de ses mains. De gros nuages poussés par des vents contraires bercent les cyprès le long de la route. Camions et voitures illuminent la campagne, ressemblent à une armée de fourmis aux yeux étincelants. Parmi elles, il y a cette Alfa qui double sous une pluie d'été. Speranza observe la chevelure d'une femme posée contre la vitre mouillée. À l'arrière, un enfant dort pendant qu'un autre a le nez sur sa tablette. Elle questionne Zia Aemilia pour savoir si Alessandro sera revenu à temps pour son anniversaire. « *Non c'è dubbio, mia Speranza* ». Dehors, le retour du soleil efface l'ombre d'un doute.

Au sommet d'un vallon
deux coccinelles se retrouvent
comme deux flocons d'amour

3

Derrière les paupières de Serena se lève l'aube d'une nouvelle décennie, éblouissant les songes d'une singulière nuit d'été. Allongée sur le lit, elle contemple entre émoi et soie les premiers rayons du jour s'immiscer entre les persiennes. Savoure cette lumière matinée de douceur qui lui caresse le visage et intensifie la clarté du duvet sur ses jambes. Une toundra d'herbe givrée, zébrée par les lamelles de stores. Un graphisme carcéral et sensuel digne d'une photographie de Lucien Clergue. Sur les murs de la chambre règne une atmosphère religieuse. Des estampes et des sanguines de madones dominent les lieux. La maîtrise de ces dessins fait pâlir Serena de jalousie. Seule une gravure ancienne illustrant les guerres d'Italie vient ternir l'harmonie.

Déjà 8 h. Il est désormais temps. De se lever, se laver, s'habiller, se faire belle. D'ouvrir la fenêtre pour laisser s'échapper un peu d'elle et que cette part aille prévenir sa *gemella mia* d'en faire autant.

Dzzzz, dzzzz. SMS 1 : « Bon anniversaire, ma chérie. J'espère que tout va bien. Bisous. Maman ». « Merci, ma petite maman. Tout va bien pour le moment. À bientôt. Je t'aime. Serena ». Dzzzz, dzzzz. SMS 2 : « *Ciao,* ma Serena. *Tanti auguri,* comme on dit chez moi. Bel anniversaire, ma belle. Je pense à toi. Massim♥ ». « Merci, mon amour. Tu me manques. Idem, je pense à toi depuis ma chambre avec vue sur Rome. Belle journée. Seren♥. » Dzzzz, dzzzz. SMS 3, 4, 5, 6, 7. Ceux de ses amis. À chacun, elle envoie un expéditif « Merci d'y avoir pensé. À bientôt. Bisous » tandis que dans la maison résonne la voix suave d'Alessandro. En catimini, elle sort sur le balcon. Elle ne le voit pas, mais l'écoute parler une langue qu'elle identifie comme étant du chinois ou quelque chose d'approchant. Cet amphigourique jargon attise sa curiosité. À pas de louve, elle rejoint la terrasse ombragée où se dresse la table d'un copieux petit-déjeuner. Alessandro l'attend, son téléphone dans les mains. Sa chemise blanche lui donne des airs de moine tibétain.

— *Buongiorno,* Serena. Bien dormi ?
— Oui, merci. Et merci pour le cadeau. Très chouette.
— *Prego.* Bon anniversaire de vive voix. Ça te plaît ?
— Beaucoup.
— Tant mieux. *Caffè?*
— Avec plaisir.

Entre deux bouchées de *cornetto,* le regard de Serena est suspendu au vol d'un oiseau dans le jardin. Un perroquet au plumage bleu cobalt qu'Alessandro appelle d'un coup de sifflet strident. L'oiseau se pose sur un perchoir près de la table. « Serena, je te présente *Azzuro,* mon Ara hyacinthe. *Azzuro!* Dis bonjour à notre invitée ». L'oiseau répond par un *« Tchaciao »* perçant qui fait sourire Serena, subjuguée. Elle dit n'en avoir jamais vu d'aussi près. Trouve l'Ara magnifique, à l'image de la propriété et de cette chambre dans laquelle elle a plus ou moins dormi. Alessandro lui explique que chaque pièce de la maison porte un nom. Que cette chambre a été baptisée *La stanza delle madonne.*

— Tu es amateur d'art ?

— Pas exactement. Je t'expliquerai plus tard. *Dobbiamo andare,* Serena.

Tandis que Serena se dépêche de boire son café, une coccinelle se pose sur son *cornetto* aux amandes. Alessandro dit que c'est l'insecte qui protège le mieux sa roseraie des pucerons. Du bout de son ongle, Serena fait s'envoler la coccinelle qui emporte avec elle un peu de sucre glace. Scrute le bleu du ciel dans lequel se fondent les deux ailes rouges. En quittant sa chambre, Serena sent le regard bienveillant des madones se poser sur elle. Lentement, elle se retourne. Chacune à sa manière semble lui dire que l'espérance est l'unique chemin vers la joie. Illustre la beauté des heures à venir et le sens magique des choses.

Avant de quitter Rome, Alessandro dépose son Ara chez son ami Luigi, *Campo dei Fiori*. « Luigi est un ami d'enfance qui a failli faire une grosse bêtise après un divorce compliqué. Pendant sa convalescence, je lui ai amené *Azzurro* pour lui tenir compagnie. Au début, Luigi n'en voulait pas. Et après quelques jours, il ne pouvait plus s'en passer. Depuis, il s'est beaucoup attaché aux oiseaux. Il a même fini par créer un refuge. Il dit que garder des oiseaux l'empêche de s'envoler. Que leurs plumes suffisent à changer le cours d'un destin », conclut Alessandro au moment d'atteindre la barrière de péage.

— C'est une belle histoire d'amitié.

— *Sì, una bella storia.*

— Combien de temps pour aller à…

— 3 h sans compter les pauses.

Le cœur de Serena s'emballe au fur et à mesure qu'Alessandro accélère. L'Alfa rugit jusqu'à trouver sa vitesse de pointe. Sur l'autoroute, les kilomètres défilent à la vitesse des essuie-glaces qui chassent une pluie diluvienne. Autogrill. Stop. Arrêt. Le temps d'une pause. En avalant un café infect, Serena apprend qu'elle dormira la nuit prochaine chez Catarina Bách. « Catarina est infirmière. Elle fait partie des personnes qui prennent soin de ta sœur. C'est une amie. Elle est vietnamienne », souligne Alessandro. Serena n'ose pas lui demander si cette Catarina est son amie ou simplement une amie d'enfance, au même titre que Luigi. Alessandro poursuit en précisant que les retrouvailles avec Speranza ne peuvent avoir lieu que le lendemain. Qu'avant, son entourage dont il fait partie doit la préparer, l'informer, la prévenir. En douceur. Surtout, ne pas la brusquer. En retour, Serena dit qu'elle comprend. Que cette idée lui convient. Que de son côté, elle aussi a besoin de se préparer. De se sentir prête. De se faire belle afin d'honorer l'instant. Comme le ferait une mariée avant de passer devant l'autel. « *Bene*. Vingt ans de séparation et un jour, ce n'est pas rien », ajoute Alessandro qui, à la manière d'un père bienveillant, pose sa main sur la nuque de Serena qui se demande si cet homme a des enfants pour l'aimer si justement. Sur *l'Autostrada del Sole* détrempée, cette fois-ci, elle ose. « Tu as des enfants ? » Alessandro fixe la route, élude la question en augmentant le volume de la radio. Une énième sonate masque les crépitements de l'allume-cigare. « Tu peux fumer aussi si tu veux », dit-il, le regard mélancolique. Cigarette aux lèvres, Serena baisse la vitre. Des gouttes de pluie lui giflent le bras pour la punir de son indiscrétion. Des cyprès par centaines ouvrent la voie vers la joie. Levane au loin apparaît sous un ciel qui a retrouvé de sa superbe. « Si près de toi ma *gemella mia*», songe Serena dont le visage affiche un sourire discret.

— *Xin chào,* Alessandro.
— *Ciao* Catarina. *Ti presento* Serena.

Catarina Bách porte un kimono en satin blanc sous un sourire solaire. Ses yeux en amande aux œillades veloutées habillent un visage aux pommettes haut perchées. Un parfum de patchouli souligne sa silhouette d'Eurasienne. Alessandro enlace son exotisme d'une manière qui dépasse les frontières de l'amitié. Intimidée, Serena tourne la tête vers le toit de la maison aux airs de pagode. Plus loin, un petit pont accentue l'atmosphère d'un jardin japonais. Alessandro l'invite à aller se dégourdir les jambes au milieu des bambous. Dans un bassin rempli de nénuphars, des carpes *Koï* engloutissent une nuée d'insectes épuisés par l'orage.

Dans la maison, le voyage en Asie se poursuit à travers des dizaines de photos argentiques accrochées au mur. La plupart sont en noir et blanc. Certaines représentent des paysages de rizières. L'une d'elles montre un fleuve joliment nommé *La rivière des parfums*. D'autres illustrent l'amour que porte Catarina à sa famille restée là-bas, loin, au fin fond du Vietnam. Dans la province de *Lai Châu*. Tandis que Catarina fait chauffer de l'eau, Alessandro explique qu'en vietnamien, *Bách* signifie *Cyprès*. Une coïncidence qui amuse Serena, considérant depuis longtemps cet arbre comme son porte-bonheur. Un phare végétal projetant la possibilité d'un avenir radieux. Un ange passe dans la fumée d'un thé au jasmin. Catarina rompt le silence. Demande à Serena si elle aime la cuisine asiatique.

— *Sì, molto,* répond Serena avec sincérité.

— As-tu déjà dégusté un balut ?

Alessandro explique qu'il s'agit d'un embryon de canard cuit à la vapeur mangé dans sa coquille. Serena dit n'avoir jamais goûté à cette chose, mais qu'elle est prête à tout. À dévorer la nuit et savourer la grandeur d'un beau lendemain. Attendu ou inattendu ? Elle ne sait plus.

Moro-sphinx amoureux
butine un pistil d'Asie
sur un prélude de Bach

4

Alessandro, mon sauveur. Il est aussi celui à qui je dois la plus tragique des confidences. Sans lui, jamais je n'aurais su qu'il y a tout juste 20 ans, ma vie a tué ma mère. Un théâtre noir qui se résume en quatre actes, au titre évocateur : Ma naissance assassine.

Acte I. Tout commence dans une maternité. Une femme en gésine un soir de juin. Elle enfante dans une douleur classique d'un premier bébé. Serena, gemella mia.

Acte II. Vient mon tour de voir le jour et de respirer le chaud du cosmos. Tout devait se passer à merveille, mais hélas, le ventre égoïste de ma mère a décidé de me garder en lui. Refuse catégoriquement de me livrer à la vie, ayant décidé de se refermer. Comme le ferait un coquillage à l'approche d'une marée violente.

Acte III. L'obstétricien n'a pas le choix. Césarienne. La lame de son scalpel éventre mon mur de chair avec tact pour éviter un carnage. Le sang de ma mère tout juste anesthésiée se répand comme la lave d'un volcan sur un utérus ouvert aux quatre vents. J'apprends que je suis née et crois l'histoire terminée.

Acte IV. La suite me tombe dessus comme une lame de guillotine. Alessandro raconte que la mère et l'enfant ne vont pas bien. Pendant qu'une sage-femme se bat pour ramener le nourrisson à la vie, la mère décède d'une hémorragie foudroyante. Quelques jours plus tard, il apprendra de la bouche d'un légiste que certains corps peuvent ne pas supporter deux accouchements de suite. C'est ainsi qu'il y a 20 ans, gemella mia, *la mort dans l'âme, j'ai tué notre maman. Et j'en crève. Fin de la tragédie.*

Speranza aimerait oublier ce soir de canicule. Lorsque cette confidence s'est invitée sans prévenir. Est entrée dans sa chambre sans frapper pour s'installer *ad vitam aeternam* dans sa mémoire sans autorisation. Elle vient de fêter ses 16 ans. Depuis son lit, elle tend l'oreille. Sous sa fenêtre, la voix d'Alessandro est méconnaissable, enrouée par la fumée d'un tabac qui n'en finit plus de former des nuages. Un message sibyllin, identique à celui d'un Amérindien. Depuis son lit, Speranza devine la présence de Catarina Bách assise à ses côtés. Confidente aux silences bavards, elle écoute sagement, fermant probablement les yeux lorsqu'un détail douloureux dépasse l'entendement. Ce soir précis, Speranza découvre ainsi l'effroyable histoire de Selena et de Stella. La première est sa mère défunte. La seconde n'est autre qu'elle-même. Le soir de sa naissance, Speranza s'appelait *Stella,* fille de Selena. Deux prénoms gravés depuis sur la plaque d'un même enfeu.

Speranza reprend ses esprits. Frémit de voir inscrit ce pan de vie dans son carnet qu'elle referme avant de le glisser dans le tiroir de son chevet. D'instinct, elle se dit qu'*enfeu* sonne le glas de sa trop courte biographie. Elle tousse, crache ses poumons. Une toux violente qui lui donne des haut-le-cœur au moment de sentir le goût de fer se répandre dans sa bouche. Machinalement, elle crache et s'essuie les lèvres. Puis glisse dans le même tiroir du même chevet la preuve qu'on ne trompe jamais la mort deux fois.

Zia Aemilia, Zio Errio, Alessandro et Catarina Bách s'apprêtent à rentrer. Le parquet traître du couloir craque sous le poids de leur amour impatient. Par jeu, Speranza fait mine de n'avoir rien entendu. Son *trèfle à quatre feuilles*, c'est ainsi qu'elle les surnomme, murmure un joyeux compte à rebours.

— *Tanti auguri, buon compleano.*
— *Chúc mừng sinh nhật Speranza.*
— Bon anniversaire, *principessa.*

Speranza ouvre son bras de vivante pour y accueillir un bouquet de roses thé. Ses préférées. De façon synchronisée, Catarina et Zia Aemilia déposent baisers et cadeaux. Parmi eux, un écrin à bijoux avec à l'intérieur un médaillon en nacre serti d'un *S* en or. Un *Yin* et un *Yang* qui lui rappellent qu'un prénom peut en cacher un autre. Serena, Selena, Stella… la liste est longue. À son *« Grazie mille »*, elle reçoit un *« Abbiamo un'altra sorpresa »* de la part d'Alessandro chez qui un sourire inhabituel souligne une surprise de taille. Speranza n'en finit plus d'interroger tour à tour du regard sa famille de cœur. Elle réfléchit, propose, s'égare, regarde vers le dehors au cas où cette surprise entrerait par sa fenêtre.

— *Che cos'è?*
— *Quella che hai sempre aspettato.*
— *Dov'è?*

— *Casa mia,* répond Catarina.

Speranza laisse éclater sa joie. *Serena* résonne comme un *S* d'éternité. Demain, la mort attendra.

Spasmes et douleurs
tuent les échos du cœur
dans un bain de sang

5

Serena ne peut calmer son impatience autrement qu'en allant marcher dans le jardin japonais. Un lieu idéal pour combler les heures longues jusqu'à l'instant suprême. Elle s'assoit sur le rebord graniteux et frais du bassin. L'herbe humide d'une pluie nocturne lui caresse les chevilles. Tandis qu'une sauterelle noctambule stridule, des gerris sillonnent la surface de l'eau à la recherche d'un rien. Sous le feuillage des nénuphars glisse l'ombre des carpes japonaises à la vitesse hypnotique d'un cirrus. Sur un petit muret sont posés des morceaux d'ardoise avec écrits dessus, les noms des différentes variétés : *Kohaku, Showa, Sanken* et *Koromo*. Derrière un mur de bambou bourdonne le moteur d'une Vespa qui finit par faire place au silence. Lentement, Serena plonge ses bras dans la fraîcheur du bassin. Méfiante, la faune aquatique s'éloigne des mains qui dansent parmi les algues. Seule une carpe s'approche, remonte à la surface et libère un chant de bulles comme pour lui souhaiter la bienvenue. Dans l'onde, les mains poursuivent leur danse jusqu'à atteindre un galet sombre sur lequel sont gravées deux carpes enlacées. Joueuses ou amoureuses ? Serena l'ignore. En revanche, elle sait que le motif s'inspire d'une estampe d'Hokusai. Le galet presque asséché rejoint l'abîme modeste. En attendant le retour d'Alessandro et de Catarina, elle décide de parcourir l'album de photos posé à son attention sur la table de la cuisine pendant qu'elle faisait une sieste. « Serena. Catarina et moi-même sommes partis voir ta sœur. En attendant, voici deux albums de souvenirs de vos parents que j'ai confectionnés il y a longtemps pour garder vivant le souffle des âmes passées. Ils sont parfaitement identiques. L'un est pour toi. L'autre exemplaire est pour Speranza. Tu lui offriras demain. Je préfère que ce cadeau vienne de toi. À tout à l'heure. Alessandro. »

Lentement, Serena ouvre la porte d'un monde inconnu. Une couverture cartonnée derrière laquelle se dévoile peu à peu le mystère de son ADN. Ses pupilles voyagent sur le papier, happées par une première page ornée de pleins et de déliés dessinés à la plume. Un motif de fleurs au milieu duquel se faufilent des mots avec discrétion : *Rittrato di origini – Selena e Virgilio.* Ses mains tremblent d'émotion à la lecture des prénoms. Elle se laisse porter par le flot incessant d'images montrant deux visages joueurs et amoureux dans une atmosphère intimiste. Un portrait des origines reconstitué de photographies remarquables au cadrage soigné. Tour à tour, chacune dévoile les joies simples de ces vies parties. Parents que jamais elle n'a pu appeler *mama e babbo.* « Vous êtes l'un et l'autre très beaux », soliloque Serena. Plusieurs photos prises dans un atelier de sculpture montrent son père, cigarette et sourire aux lèvres, vêtu d'une salopette pleine de poussière. Entouré de blocs de pierre, il prend la pose, maillet et burin dans les mains. Sur l'une, on le voit, les muscles saillants, enlacer la silhouette gracile de Selena. Tantôt habillée, tantôt nue, elle est toujours ce modèle qui littéralement s'offre à son artiste. Une muse épanouie qui respire une jeunesse sensuelle dépourvue de pudeur devant l'ébauche d'une statue qui ressemble à s'y méprendre à celle surplombant les toits de Rome. Sur une autre, il y a ce pique-nique au cœur d'un paysage de campagne. *Un déjeuner sur l'herbe* revisité dans lequel Alessandro, tout aussi jeune, se plaît à tendre son verre de vin devant l'objectif, trinquant à une amitié sincère que l'on devine éternelle. Serena laisse pleurer sa peine au-dessus du bassin. Une pluie de larmes que les carpes soumises à l'ennui avalent avec avidité comme une nourriture céleste. Au moment de refermer l'album, quelques photos tombent, flottent à la surface de l'eau, immobiles. L'une soudain glisse comme un radeau, entraînée par une nageoire dorsale ondulante. Serena récupère une à une les images avant de les faire sécher. Toutes sont aussi précieuses qu'un trésor. L'une d'elles montrant *Selena* et *Virgilio* en train de s'embrasser est offerte au silence d'un sombre galet. Depuis le jardin, Serena entend la porte de la maison s'ouvrir. La lumière jaune de la cuisine jaillit à travers les tiges des bambous.

— *Buonasera.*

— *Buonasera* Serena. Bien reposée ?

— Ça va. Merci beaucoup pour l'album. Il est magnifique.

— *Prego.*
— C'est toi qui étais derrière l'objectif ?
— *Sì,* la plupart du temps.

Modestement, Alessandro évoque sa passion pour la photo. Raconte brièvement à quel point il a pris plaisir à immortaliser l'amour de ses deux meilleurs amis de l'époque qu'étaient *Selena* et *Virgilio.* Évoque une vie à la *Jules et Jim,* mais qu'un seul des deux était amoureux de Selena. Qu'en qualité de paysagiste, il avait pour morale de ne jamais cueillir les fleurs d'un jardin ami.

— *Trà xanh.*

Catarina sert une tasse de thé vert pendant qu'Alessandro dépeint la joie criante de Speranza au moment d'apprendre que des retrouvailles auront lieu. Bientôt, pas plus tard que le lendemain. Serena partage cette joie en étouffant ses propres cris dans un *Nuage de jade* apaisant.

— *Regalo, per te.*

Catarina tend un paquet à Serena. D'un regard mi-clos, elle l'invite à l'ouvrir en lui faisant comprendre d'un simple geste de la main que ce cadeau n'est pas grand-chose. Serena découvre un kimono blanc paré de fleurs rouges. La douceur de la soie est celle d'un pétale de rose.

— *Grazie mille cara Catarina, è bellissimo*, lance Serena, touchée, en sortant son smartphone pour exprimer ses remerciements dans une langue inconnue.

Cam ơn bạn résonne dans l'air humide d'une nuit italo-vietnamienne tout juste éclose.

Dans sa chambre, Serena s'enroule dans un champ de roses sans épines. Seul le souvenir d'une fragrance lui pique le nez. Un parfum oublié qui bientôt renaîtra et qu'elle enveloppera de toute son âme d'une inoubliable étreinte. En attendant, elle s'endort en rêvant à deux petites filles nageant sous un lit de photos sur lesquelles deux visages désormais familiers les regardent en souriant. *Mama Selena e babbo Virgilio* qui ont aimé s'aimer et semer la vie au cœur d'un atelier.

Sous une fleur de nymphéa,
deux racines d'espérance
s'enlacent d'un amour originel

6

Mercredi 18 juin 2014 est un jour à marquer d'une pierre blanche. Hier, mon trèfle à quatre feuilles m'a offert le plus beau des cadeaux d'anniversaire. Moi, qui depuis si longtemps, crève d'envie de te rencontrer en plein jour, la chance m'a souri. Aucun mot n'est assez fort pour exprimer l'intensité de mon émotion. À tout à l'heure, à tout de suite, Serena, ma gemella mia. *Le plus tôt possible.*

D'une écriture enfiévrée et ornementale, Speranza termine d'écrire ce qu'elle considère être la plus belle page de sa vie. Les pleins et les déliés sont à l'image de son esprit léger et excité. Autour des consonnes enrichies de feuilles et des voyelles fleuries volent des virgules semblables à des oiseaux annonciateurs d'une nouvelle inouïe. Entre deux quintes de toux, Speranza réfléchit au choix de la robe pendant que Zia Aemilia lui brosse les cheveux avec délicatesse. Chacune hésite. Natte ou cheveux détachés ? Speranza opte pour une coiffure la plus naturelle qui soit. De son côté, Zio Errio range le linge dans l'armoire, pose une chaise près du lit, change à la hâte les rideaux délavés par deux voiles turquoise. Une lumière neuve, presque maritime, inonde la chambre. Se pose sur les draps satinés qui prennent l'apparence d'un miroir d'eau où se reflète une impatience singulière. Le bouquet de fleurs fanées est remplacé par du delphinium cueilli le matin même dans le jardin. Le brin de rameau sur le crucifix est également changé. La chambre prend des airs de chapelle où chaque geste s'opère dans une atmosphère presque cérémonielle. À la question « As-tu réfléchi pour la robe ? », Speranza répond « La fuchsia », histoire d'ajouter une touche de couleur supplémentaire à ce jour inédit. Elle se laisse habiller. Tout semble prêt. Ne reste que le petit guéridon sur lequel Zio Errio installe un pichet de jus de fruits et un *panettone*. De quoi combler quelques éventuels silences. La gorge nouée, Speranza ne peut rien avaler. Seule la magnificence des retrouvailles est à même de la nourrir. Zia Aemilia retire de la brosse une mèche de cheveux qui flotte entre terre et ciel.

S'en va chercher celle pour qui Speranza se sent prête. Ainsi que peut l'être une jeune fille avant un rendez-vous amoureux. Zia Aemilia fait signe à Zio Errio qu'il est désormais temps de prendre congé. De leur côté, ils prépareront *il pranzo* pendant ces minutes précieuses au cours desquelles deux sœurs se découvriront, se toucheront, s'observeront, communiqueront du mieux possible. S'enlaceront avec force et douceur. Bien qu'Alessandro lui ait appris à parler un français correct, Speranza ignore si elle réussira à dire tout ce qu'elle voudra. « Je suis certain que vos bonheurs se répondront », lui dit Zio Errio en refermant la porte. Conscient de laisser derrière lui un terrain fragile sur lequel poussent les racines d'une maladie invasive au feuillage sanguinaire. Les mouchoirs tachés et cachés, Zia Aemilia les a vus aussi. Demain, ils appelleront leur docteur. Speranza dit n'avoir mal nulle part. La seule chose qui la préoccupe est de savoir comment Alessandro a réussi à retrouver sa *gemella mia*. Hasard ou coïncidence ?

Dans l'attente d'en savoir plus, elle patiente en rêvant sa vie d'après. Celle de défunte heureuse. Lorsque le théâtre de son âme aura baissé le rideau, laissant place à un espace de liberté où elle se voit marcher, bouger, courir. Sauter sans jamais se sentir essoufflée. Un paysage prodigieux rempli d'êtres mi-humains, mi-oiseaux. Parmi eux, il y a ce couple, sorte d'Adam et Ève païens, qui lui souhaite la bienvenue, la prend par la main et lui apprend à voler à la vitesse d'un colibri. Un rêve qui cesse au moment où Speranza perçoit le vrombissement d'une voiture dans les allées de la propriété.

En bas, une portière grince tandis qu'une autre claque dans l'air. La maison s'anime tout entière. Des voix familières résonnent, se saluent. Parmi elles se glissent les murmures timides d'une *parfaite* inconnue aux intonations parfaitement jumelles. Il ne faut guère de temps pour que Speranza se dise « C'est elle ». Guère de temps pour que le bois de l'escalier qui mène à l'étage se mette à craquer sous le poids d'une absence trop pesante. S'ensuivent quelques pas feutrés jusqu'à la porte d'une chambre impatiente. Speranza, tout ouïe.

Derrière un silence de Reine
la promesse d'un passé miroir
à la faveur d'un solstice d'été

FUSION SORORALE

1

Alessandro a tenu à accompagner Serena jusqu'en haut de l'escalier. Près du seuil, il lui a lâché la main puis un modeste baiser. Ainsi qu'un père le ferait avec sa fille au pied d'un autel le jour de son mariage.

Désormais, Serena est seule, plantée dans un couloir au décor suranné. Seule mais prête. Tout près d'elle. Comme jamais. Plus de sept mille jours de séparation se sont écoulés. Ce qui représente cent soixante-huit mille heures. Serena a pris soin de vérifier l'étendue de cette durée infâme qu'elle considère comme une éternité imméritée.

Presque fiévreuse, elle sent son cœur s'emballer au rythme de quelques battements ectopiques. Victime d'une peur légitime qui lui donne tantôt chaud, tantôt froid. À l'idée d'étreindre cette sœur des yeux, des mains, d'amour. À l'idée encore de s'avancer puis s'allonger à ses côtés pour l'enlacer pour la première fois. Dans la vie, pour de vrai, hors d'un ventre et du temps, au milieu du Monde.

Face à un miroir vénitien, elle réajuste une mèche de cheveux et retrouve un peu de calme en suivant du bout du doigt une fissure au parcours chaotique sur un mur couleur grège. Elle rêve alors d'une lézarde de plusieurs centimètres qui lui permettrait d'apprivoiser cette chambre dans laquelle elle s'apprête à pénétrer. Elle hésite à signaler sa présence en griffant le dessus de sa porte. Comme le ferait un chat qui aurait retrouvé la douceur de sa maison. Elle apprivoise les veines d'un bois de chêne autour d'une poignée dorée. « Sésame, ouvre-toi », pense-t-elle. Il lui semble déjà percevoir le souffle de sa *gemella mia* de l'autre côté. Frapper à la porte lui semble trop conventionnel. Pas assez personnel. D'instinct, Serena prend une grande respiration et se met à épeler, une à une, les huit lettres magiques. Capitales : S, P, E, R, A, N, Z, A.

En écho, « S, E, R, E, N, A, *entra* » résonne dans l'air.

À pas de louve, Serena s'approche de cette sœur au corps plus ou moins immobile. « Sa silhouette est celle d'une poupée de cire posée dans un berceau », pense-t-elle. Un paysage humain inscrit dans une horizontalité parfaite d'où jaillit soudain un bras à l'index frêle. Ainsi qu'une voix résolument gémellaire.

« *Avvicinarmi,* approche, approche encore. »

D'où elle est, Serena n'a qu'un désir. Répondre à cette voix et à ce doigt tendu. Pour reproduire à sa manière et avec la même grâce, l'image de *La Création d'Adam.* C'est ainsi que leurs index se frôlent. Puis se touchent, tandis que l'une contemple l'autre. Chacune est animée par la joie d'un paradis retrouvé. Chacune croit rêver cette expérience en miroir : robes fuchsia à l'unisson et même regard perlé de larmes.

Vient ce temps de la fusion, lorsque leurs mains moites s'enroulent et s'enserrent. Avec la même puissance qu'*in utero.*

— Tu es belle, ma jumelle, dit l'une à l'autre.
— Toi aussi, répond l'autre à l'une.

À ce moment précis, nul ne saurait dire laquelle des deux a parlé la première. Enlacées dans la joie, l'une et l'autre refont le voyage à l'envers, renouant avec l'unique et précieuse chaleur amoureuse. Chacune revêt un sourire caché à l'abri d'une étreinte qui s'étend comme un géant bras de mer dans un océan de cheveux soyeux.

— Serena, je savais pour toi. Depuis longtemps, depuis toujours. J'ai si souvent ressenti cette présence qui m'a aidée à vivre pendant toutes ces années. Jusqu'à ce jour inouï où j'ai su que mon intuition était bonne. Depuis, je me demandais où tu étais. Ce que tu faisais. Comment tu allais. Je pensais que tu habitais tout près d'ici. Du moins, en Italie. J'ai tellement de questions à te poser. Sur ta vie, sur Paris, ta famille.

Désormais allongée aux côtés de sa sœur, Serena perçoit les soubresauts incontrôlables d'un corps plus mince et au visage plus pâle que le sien. Doucement, elle se met à se raconter. Parle de ses amis, ses passions, ses échecs, ses rêves et démons, ses nuits blanches et ses solitudes désirées. Évoque sa vie d'étudiante en plein Paris, dans son quartier de Saint-Germain-des-Prés, entre bourgeoisie et bohème. Le tout, à la première personne. Elle dit ce qui lui passe par la tête, dévoile des vérités sans conséquences. En revanche, elle ne dit rien de ses amours. Elle dit avoir été adoptée il y a longtemps et qu'elle garde quelques douloureux souvenirs de son Italie natale. Elle parle de sa mère adoptive, Agnès, aussi aimante que fleuriste. Précise que cette dernière ne lui a jamais caché l'existence d'une sœur jumelle. Puisqu'elle aussi ignorait tout de cette histoire. Jusqu'à il y a peu. Que ces retrouvailles sont aussi belles qu'inattendues. Une merveille de cadeau au lendemain de leur anniversaire. Elle conclut en disant qu'elle aussi, dans son for intérieur, elle savait. Que souvent, elle avait rêvé, deviné, imaginé cette sœur. À travers ses dessins, ses pensées, ses fantasmes, ses nuits de cauchemars et de rêves.

À son tour, Speranza dépeint son quotidien. Le tout, dans un français parfait. Précise deviner qu'Alessandro lui a appris cette langue étrangère dans l'idée qu'un jour, deux sœurs puissent dialoguer sans difficulté. Qu'en somme, il n'y a pas de hasard. Elle dit qu'à quelques exceptions près, chaque jour ressemble au suivant. Elle raconte s'être mise à écrire afin de tordre le cou à cet ennui paralytique qui la bouffe de l'intérieur. Elle poursuit en évoquant ses craintes, ses doutes, sa solitude intense. Sa peur de la mort aussi, bien que très relative depuis quelque temps. Elle réduit sa vie à une ombre qui ne disparaît qu'au cours des rares promenades dans le jardin de la propriété. Précise que cette ombre rejaillit après chaque échappée belle. Sans pouvoir la contrôler.

De son côté, Serena écoute avec attention chaque détail de cette vie intime singulière faite de soins, de rendez-vous médicaux et d'inquiétudes. Accueille comme elle le peut, cette face cachée du début de son existence. Celle d'une double naissance qui aurait mal tourné. Qu'aux yeux de sa sœur, elle est le *Yang*, le soleil, le beau, la lumière, le chaud. Tandis qu'elle-même incarne le *Yin*. Un cœur lourd dans un corps froid, passif. Un corps de trop pour le corps d'une mère génitrice qu'elle affirme avoir tué. De sa propre vie. Quand soudain, le silence.

— Le bouquet de roses est pour toi. Un cadeau d'apparence fragile, mais si tu le fais sécher, tu pourras le garder longtemps. J'espère qu'elles te plaisent.

— Elles sont magnifiques. Merci beaucoup. En retour, même s'il n'est pas de moi, j'ai un cadeau à t'offrir. Il s'agit d'un album de photos réalisé par Alessandro. Il y en a fait un pour moi également. Les deux sont identiques en tout point. Un peu comme les jumelles que nous sommes.

Lentement, Serena tourne les pages d'un passé sur papier baryté. « Nous venons d'eux », dit-elle. « C'est ici que tout a commencé. Sous cette maison de peau », ajoute Speranza dont la main tremblante caresse une photo montrant un ventre rond sous une robe blanche.

Chacune commente la part d'héritage notable sur les visages de Selena et Virgilio. « Ils sont beaux. Maman nous a offert ses taches de rousseur ». Illuminée par cette constellation d'éphélides, Serena se laisse surprendre par la posture d'un père assis sur un tabouret dans son atelier, pieds nus posés au sol. Elle croit rêver. Compte et recompte les orteils. Onze. Speranza aussi a vu. Son bras fragilement agile tire le drap pour dévoiler ce qui, chez elle, fait foi aussi, de singularité. Neuf orteils dévoilés.

Serena se reproche intimement d'avoir tout pris de ce que chacun nomme l'essentiel. La santé, la chance, la liberté, les joies d'une vie épanouie. Jusqu'à cette infime portion de corps qui illustre un déséquilibre notable. Bien qu'étant innocente de cette destinée, Serena s'en veut, un peu, beaucoup, passionnément. Face au visage plein de reproches de sa sœur, Speranza dit que nul n'y peut rien. Que seules la nature et la génétique ont fait leur œuvre. Que depuis que l'homme est homme, il en a toujours été ainsi. Qu'il faut être résolument idéaliste pour croire en une égalité parfaite. Que la vie même est synonyme de défauts et d'imperfections. Speranza conclut cette réflexion presque philosophique alors qu'un filet de sang coule de ses narines. « Est-ce l'émotion ? La maladie peut-être ? », se demande Serena qui, sans poser la moindre question, s'empare d'un mouchoir et nettoie ce sang de jumelle juste avant qu'il n'atteigne la commissure des lèvres. Speranza est désormais présentable. Chacune se sent prête à rejoindre la salle à manger pour partager, ensemble, leur tout premier repas. « Allons dévorer la vie avant qu'elle ne refroidisse », clame Speranza qui dans le même temps hèle Alessandro pour que ce dernier vienne la chercher, la prendre dans ses bras et la descendre jusqu'à la déposer tel un oiseau fragile, dans son fauteuil coquille. Comme à chaque fois qu'une occasion sublime se présente.

Juste avant de quitter la chambre, Speranza s'empresse de sortir de sa table de chevet, la photo d'une stèle de marbre blanc sur laquelle sont gravées différentes inscriptions.
Selena Innocenti – 1971 – 1994.
Virgilio Buonarroti – 1969 – 1994.
Stella Buonarroti – Giugno 1994.

D'instinct, Serena comprend que la dernière ligne témoigne de la vie fugitive d'une sœur faussement mort-née, il y a tout juste 20 ans. Que *Stella* est devenue *Speranza*. Pour une raison qu'elle ignore encore, dans ses moindres détails. « Alessandro t'expliquera si tu le souhaites. Il te racontera ce qui relève d'un miracle », susurre Speranza.

En descendant l'escalier pour rejoindre une table promise à la joie, le nom *Buonarroti* résonne dans l'esprit de Serena. Elle sait que ce nom ne lui est pas indifférent. Qu'elle l'a déjà lu quelque part. Sans toutefois pouvoir dire où. Le mystère se prolonge jusqu'au moment où Alessandro termine d'installer Speranza dans son fauteuil.

Avec la même force et douceur qu'un *ignudi* d'un Michel-Ange du même nom.

Dehors, un ciel teinté de rose transforme le moindre nuage en un pétale de rose. Une atmosphère légère et tiède donne à chaque oiseau des allures de rouge-gorge.

Derrière un sourire d'ange
jaillit le miroir d'un passé
à la faveur d'un solstice d'été

2

« Niente si asciuga più velocemente di una lacrima » sont les mots réconfortants qu'exprime Zio Errio à son épouse émue, avant de lancer les hostilités.

Alessandro s'applique à traduire instantanément cette idée que rien ne sèche plus vite qu'une larme. Avant de souhaiter un *« Buon appetito a tutti »*.

Conversations en français et en italien alternent, se confondent, se superposent. Serena trouve que la famille de sa sœur est à l'image de l'ambiance du décor. À la fois délicate, sobre et discrète. Entre deux *antipasti*, elle découvre la voix douce et timide de Zia Aemilia lorsque celle-ci l'invite à se resservir. Curieux, Zio Errio lui demande ce qu'elle veut faire de sa vie. Timidement, Serena parle de décoration d'intérieur. Elle veille à ne pas trop en dire par respect pour sa jumelle aux lendemains incertains.

À table, il est soudainement question de *pneumologia, radiografia del torace* et d'*ospedale*. Autant de termes qui confirment à Serena que la maladie de sa sœur est probablement en train d'évoluer. À chaque regard interrogateur, Alessandro lui répond d'un sourire poli, mêlé de gêne.

De son côté, Speranza est heureuse. Elle se sait plus que jamais fragile. Elle n'ignore rien de son état de santé qui est le sien. La preuve en est. Ce sang qui cherche à tout prix une porte de sortie tellement il n'en peut plus de voyager dans les artères sombres d'un corps de plus en plus inerte.

Elle se sait, tout entière, suspendue à un fil. Et que ce fil peut rompre à tout moment. Mais qu'importe. Désormais, Speranza s'en moque. Tout ce qu'elle attendait de la vie est là, bien présent, sous ses yeux. Elle observe et admire celle qui se délecte de *crostini toscani* et de *vino rosso*. Elle sait que bientôt, ce sera cette future décoratrice d'intérieur qui lui donnera l'extrême-onction d'amour. Ce seront ses mains de jumelle qui glisseront sur ses paupières déjà closes pour parfaire son image de défunte. Elle le sait, le sent. En est intimement persuadée.

Au cours du repas, un goût de fer vient gâcher celui des *pappardelle* confectionnées par Zia Aemilia. Un mélange désagréable qu'elle peine à faire passer en buvant une gorgée de *Chianti*.

Pendant que Zio Errio part en cuisine, Serena montre sur son smartphone des photos d'elle aux côtés de sa mère Agnès. Des selfies réalisés à Barcelone, Madrid, Berlin, Zurich, sous la neige, au soleil, souvent face au vent. Deux visages resplendissants, toujours tout sourires, la plupart du temps entourés de décors de carte postale. Serena partage désormais son univers plus intime. Quais de Seine, Tour Eiffel, Notre-Dame, Jardins du Luxembourg. Autant de lieux iconiques où ses pas l'entraînent, plus souvent qu'à son tour. Speranza regarde défiler, tel un film de cinéma, cette vie diurne et nocturne qui se poursuit jusque dans un appartement aux murs parsemés de photos Polaroïd, de citations et de croquis. L'un d'eux représente un scarabée noir doté d'effrayantes mandibules. « C'est un lucane cerf-volant », dit Alessandro, précisant en voir parfois dans ses vergers, des vivants ou des morts, à l'abdomen souvent dévoré par les oiseaux. Serena précise que ce dessin de coléoptère a été réalisé en forêt de Fontainebleau, lors d'une sortie scolaire. Speranza est sous le charme face aux talents de dessinatrice de cette sœur qui au-delà d'être belle, sait offrir de la beauté à ce qui, de prime abord, n'en a pas.

Zio Errio revient, le visage éclairé par une forêt de bougies posées sur une *ciambella*. *Tanti auguri* résonne de toute part. Serena ne sait que penser de cette joie vouée à l'éphémère pendant que Speranza profite de chaque microseconde. Reprenant à son compte cette citation de Voltaire qu'elle vient tout juste de lire sur le smartphone de sa sœur. « J'ai décidé d'être heureuse puisque c'est bon pour la santé », souffle-t-elle.

Après un *stretto*, Alessandro propose à Serena de sortir fumer une cigarette dans le jardin. *« Vieni con noi, Speranza »*. Depuis son fauteuil, Speranza décline l'invitation. D'avoir soufflé ses bougies d'une seule traite l'a fatiguée. Son corps est désormais celui d'une centenaire. Un simple nuage de tabac pourrait finir de l'asphyxier.

De retour dans sa chambre, Speranza reste pantoise devant un aveu qui en dit long. Serena parle de Fontainebleau et de sa forêt qui, depuis longtemps, renferment une vérité cachée. Entre deux bouffées de cigarette, Alessandro vient timidement de lui raconter que c'est dans cet endroit du monde qu'il a rencontré Agnès. Il n'en a guère dit plus, préférant ne pas s'étendre sur le sujet. Sans se l'avouer, l'une comme l'autre devine alors que probablement, Zio Errio, Zia Aemilia et Catarina étaient dans la confidence. Que nul dans cette maison n'ignorait l'existence de cette jumelle vivant en plein Paris. L'une comme l'autre sait que souvent, le cœur a ses raisons.

À cet instant, Speranza n'a qu'un souhait. Que sa sœur la dessine. Elle. Rien qu'elle. Allongée. Belle. Éternelle. Dans du blanc. Bien vivante. Avant sa vie de nuit. En noir et blanc ou en couleur, qu'importe.

Serena prolonge l'idée superbe en imaginant remplir la chambre tout entière de dessins. Des croquis à perte de vue, capables de faire disparaître le moindre recoin de la pièce dans un décor de forêt grandeur nature. Pour, dit-elle, brouiller la vue et tuer l'ennui. Créer un horizon sans début ni fin, composé d'arbres de toutes sortes et de fleurs. « Avec des insectes aussi et des animaux qu'on croira vivants, façon Douanier-Rousseau, un artiste français. Tu connais ? » demande-t-elle.

Face à un tel enthousiasme, Speranza ne peut retenir son émotion. Son cœur bat à la vitesse d'un bec de pic vert sur l'écorce d'un arbre. Elle ignore tout de ce douanier, mais est déjà persuadée qu'il saura joliment inspirer le chemin de ses précieux lendemains.

— Pour ça, ma sœur, il me faut prendre les dimensions de ta chambre. Pour le matériel, j'aurais besoin de… fusains, crayons, encre de Chine, colle, pinceaux, paire de ciseaux, rouleaux de scotch. Et puis des feuilles. Beaucoup de feuilles. Des grandes de préférence. Tu penses que je peux me procurer ça rapidement ?

— Avec Alessandro, rien n'est impossible.

— Alors je commence demain. Bisous, ma sœur. Je crois qu'Alessandro et Catarina m'attendent.

— Bisous. À demain, *gemella mia*.

Speranza s'endort dans les bras d'une forêt de papier où chaque feuille est un souvenir qui jamais ne sera vécu. Où chaque ombre ne bouge plus, malgré le vent. Où chaque hibou se mure dans un silence pour ne pas nuire à la beauté du rêve.

Beauté sanguinaire
respire l'air d'un temps compté
à l'aube d'une nuit tombée

3

Serena sort d'une nuit presque blanche, follement agitée. D'une forêt lumineusement sombre, elle veut retrouver la quiétude d'un jardin zen japonais. À la hâte, elle se douche, se coiffe et se parfume jusqu'à se sentir présentable. Puis s'empresse de retrouver Catarina que la fraîcheur matinale semble laisser indifférente.

— *Xin chào,* Serena.
— *Ciao,* Catarina.
— *Bene dormita?*
— *Più o meno. Dov'è Alessandro?*
— *È in Pasticceria. Tornerà presto.*

Cette dernière l'invite à s'asseoir à ses côtés. Lui sert un thé au lotus. Le tout, avec une maîtrise et une paix intérieure qui rendraient Serena presque jalouse. Elle trouve que le sourire oriental de cette femme illumine à lui seul l'aube toscane. Et que si elle devait la dessiner là, maintenant, elle en ferait un soleil. De sa chaise, elle perçoit le bruit de la fontaine qui alimente le bassin aux carpes. L'eau de son thé fait écho à cette surface limpide d'où s'échappent des bulles de silence que des libellules bleues jouent à attraper au vol. L'une d'elles se pose sur le haut de sa petite cuillère. Puis repart aussitôt sous les effets de la vapeur chaude.

— *Che bella libellula.*
— *Sì, è vero.*
— *Lei sarebbe disposta a farmi un disegno?*
— *Perché no. Ora?*
— *Certo.*

Serena répond à l'invitation de dessiner cette libellule qui ne cesse de tournoyer sans répit. Catarina et elle ne bougent plus jusqu'à ce que l'insecte se pose de nouveau sur le rebord de la table. Serena n'a cependant pas de quoi dessiner. Lentement, Catarina sort un petit sachet en papier de son élégante robe de soie *áo dài*. Le tend à Serena comme un cadeau délicat en lui disant *« Per te »*. Tout aussi lentement, Serena ouvre le sachet pour s'emparer d'un calame en bambou et d'un flacon d'encre de

Chine de couleur bleu indigo. Elle ignore comment apprivoiser ce nouvel outil. De peur de voir la libellule s'envoler, elle commence à tracer les premiers traits à même la nappe blanche. Ainsi que le souhaite Catarina. L'exercice est plus plaisant que jamais. Un semblant de ciel inonde le coton, dévoilant peu à peu la silhouette de celle qui, jusqu'alors, se prête au jeu. Pendant ce temps, Catarina avoue pratiquer la calligraphie asiatique qu'elle enseigne dans des associations culturelles à Florence et à Sienne. Serena est sur le point d'avoir terminé. Ne lui reste à peaufiner que l'intérieur des ailes. « Mon thé doit être froid », pense-t-elle, tandis que la libellule reprend sa course folle en direction de l'eau du bassin.

Catarina s'absente, le temps d'aller chercher une paire de ciseaux. Puis se met à découper avec délicatesse sa nappe devenue toile. Elle dit vouloir la mettre sur châssis avant de l'accrocher parmi ses autres tableaux.

— *Ciao* Serena. *Ciao amore. Che fine ha fatto la tovaglia?*
— *Una cosa bellissima. Ti piace?* lance Catarina en arborant fièrement l'œuvre devenue sienne.

— *Sì. È un successo.* Je suppose que c'est toi qui as fait ce si beau dessin, Serena.
— En effet.
— *Allora bravo. È magnifico.*

Subjugué, Alessandro ne sait où poser son sac de *cornetti*. Il fait face pour la première fois aux talents de celle qui, sans le savoir, vient de représenter une *Calopteryx splendens caprai*. Entre deux anecdotes naturalistes, il accueille l'autre projet, plus ambitieux, de Serena. Celui de dessiner une forêt entière pour la chambre de sa sœur.

— J'ai déjà imaginé une scénographie. Pour être tout à fait franche, j'ai peu dormi cette nuit. Alors j'ai passé mon temps à dessiner. Pour bien faire les choses, il me faudrait un peu de matériel. Speranza m'a dit que tu pouvais m'aider.

— *Certo.* Tu peux compter sur moi. Tu peux me demander ce que tu veux.

Serena saisit la branche offerte par une voix ouverte à l'échange. C'est ainsi qu'Alessandro lui dépeint son passé d'étudiant en horticulture en région parisienne, vingt-cinq ans plus tôt. Il esquisse sa rencontre avec Agnès. Parle de cette relation professionnelle devenue très vite amicale. Il revient sur sa passion pour la photo à travers les très nombreuses séances photos faites aux abords d'un château bellifontain. En compagnie d'Agnès, toujours. Entre deux bouchées de *cornetti*, Serena accueille la révélation d'une histoire d'amour qui aurait duré quelques années. Avant de prendre fin, pour une raison encore inconnue.

Après un long silence, Alessandro ouvre un autre chapitre. Celui d'une mère qui n'a pu qu'être adoptive en raison d'un ventre qui ne pouvait pas la faire tomber enceinte. « Agnès et moi voulions fonder une famille. Elle comme moi, nous souhaitions avoir des enfants. Beaucoup d'enfants. Mais la vie en a décidé autrement. Après plusieurs tentatives et autant d'échecs, son gynécologue nous a conseillé à chacun de faire un bilan de fertilité. Celui de ta mère a révélé qu'elle était, hélas, stérile. À partir de là, elle est très vite tombée dans un état dépressif. *Malinconia, capisci?* De mon côté, j'étais très triste aussi. Il n'en a pas fallu plus pour qu'on se sépare. Notre amour s'est fané. Je suis rentré en Italie. Mais nous sommes restés bons amis. Agnès venait régulièrement me rendre visite », avoue Alessandro, maladroitement. Conscient de taire cette suite capable d'éclairer ce pour quoi la vie d'Italienne de Serena s'est muée en celle d'une véritable Parisienne. Cette suite qu'elle provoque par un regard soutenu signifiant « Et moi dans tout ça ? » Alessandro se sent comme un gladiateur au milieu d'une arène. À défaut d'échappatoire, il se met à se justifier et évoque l'idée d'un choix mûrement réfléchi et plein de bon sens. Qui plus est, un choix salvateur, au regard du caractère défaillant de la famille d'accueil dans laquelle était placée Serena. Tête baissée, il poursuit son récit en lui révélant, à bas bruit, qu'elle est la fleur rare qu'il a offerte à Agnès, en réparation d'un destin sournois. « Cette idée d'adoption a éclos dans le jardin suspendu de la *Villa Aldobrandini*. Je me souviens comme d'hier de cette journée d'été. Tellement il faisait chaud, Agnès et moi étions allés chercher un peu de fraîcheur sous les arbres. C'est au pied d'un massif d'Heuchères sanguines, une fleur qu'adorait Agnès, que je lui ai parlé de toi. Elle ne m'a pas répondu dans l'instant. On a marché un peu. Et puis avec le regard franc que tu lui connais, elle m'a dit qu'elle acceptait. Qu'elle était prête depuis longtemps pour endosser le rôle de mère. Et devenir maman. Au point de commencer les démarches dès le lendemain ». Alessandro conclut en affirmant avoir souhaité le bien de tous. Et que si c'était à refaire, il referait pareil. Un ange passe.

— Et concernant mon père ? Du moins, notre père ?
— Une autre fois, Serena, si tu veux bien. Je te propose qu'on aille acheter ce qu'il te faut. *Sei d'accordo?*
— *D'accordo*. Mais à une condition.
— Laquelle ?
— Que tu relèves la tête pour que je t'embrasse. Merci, Alessandro. Pour tout.

Entre-temps, Catarina est allée mettre son dessin en lieu sûr. À l'abri d'une ondée estivale qui lessiverait en moins de temps qu'il ne faut pour le dire sa libellule indigo.

À la lisière d'une flore préraphaélite,
vibre le chant d'ailes bleutées
entre pavots et pensées

4

« De sa propre main ». C'est ainsi que Serena s'apprête à habiller la chambre de Speranza. Elle a veillé à ne surtout pas oublier son carnet dans lequel est représentée la forêt imaginaire en format miniature. Chaque pan de mur est minutieusement travaillé, annoté et légendé. Seuls quelques détails seront ajoutés ici et là au fil de la réalisation. Au gré de son inspiration.

De son lit, Speranza observe la manière presque chirurgicale avec laquelle sa sœur déploie son matériel. Sous ses yeux, des pinceaux et des fusains sont alignés par ordre de grandeur, telles les lames de bois d'un xylophone. Un agencement musical et maniaque qui laisse entrevoir la volupté du projet. Viennent ensuite les divers crayons puis les flacons d'encre de Chine posés sur du papier journal. L'un d'eux est plus imposant que les autres. « Celui-là, c'est du brou de noix », précise

Serena, entre deux silences. Tout est prêt, impeccablement tiré au cordeau.

Les rideaux de la chambre ont été ôtés pour laisser la lumière du jour pénétrer le futur décor. Serena ouvre à présent la fenêtre en grand pour laisser entrer l'air et le chant des oiseaux. Elle passe une blouse de peintre qui lui donne des allures de femme médiévale. Avant de sortir fumer, elle explique comment elle compte s'y prendre. « Je n'ai jamais fait ça », dit-elle. Le regard concentré, elle dévoile sa méthode qui consiste à varier les techniques sèches et humides. « Mon but est de donner vie à une forêt dense et vibrante où alterneront des zones claires et d'autres, plus obscures. Je veux faire de ta chambre un antre d'intense nature, lumineux et profond. Sans jour ni nuit. Où l'idée même du temps qui passe n'existe pas. Tout sera fait pour que depuis ton lit, tu puisses vivre mille émotions. Selon ton imagination, tu pourras entendre le chant d'un hibou, le craquement d'une branche sous le poids d'un cerf ou le bruit d'un cyprès penché par le vent. Tu pourras même sentir l'odeur de l'humus et des feuilles dans ce lieu unique qui n'appartiendra qu'à toi. »

Avant même le début, Speranza est admirative. Elle ne voit désormais que le dos de sa sœur, penchée sur son ouvrage, les genoux posés au sol. Derrière cette image pieuse, un bras s'agite, crée, voyage au-dessus du papier pour donner vie, déjà, aux premières ébauches. Quant à l'autre bras, il porte le poids d'une terre promise sur laquelle tombe avec légèreté la neige anthracite d'un fusain.

Serena se meut, pivote autour de son support. Jusqu'à laisser apparaître la silhouette d'un lièvre entre deux conifères. Sa gestuelle est de plus en plus ample, malgré l'exiguïté de la chambre. « Ta dextérité est incroyable », susurre Speranza.

Entre deux portions de dessin, Serena relève la tête et s'étire la nuque. Puis jette un regard complice à sa jumelle qui, sans nul doute, est sa source d'inspiration première. Car qui d'autre qu'une sœur si longtemps éloignée peut produire un tel élan créatif ? Déjà neuf feuilles immenses, pleines d'une forêt morcelée, envahissent le sol.

Serena s'accorde une longue pause. Elle boit un verre d'eau. Se met à marcher autour de son travail. Elle plisse les yeux, avance puis recule. Puis reprend là où elle en était en prenant soin d'estomper certaines ombres qu'elle juge trop marquées. « J'ai chaud. Ça ne te dérange pas si je me mets à l'aise ? » dit-elle, au moment d'amorcer la figure mystérieuse d'un animal mi-chat, mi-renard. Speranza approuve et observe à présent un buste sensuel, à la peau luisante et blanche. Elle devine des seins plus beaux et plus généreux que les siens cachés sous une modeste brassière noire. Dans le creux du dos de l'artiste se dessine un chemin charbonneux, fait de sueur et de poudre de graphite. Une lave qui, lentement, coule jusqu'aux hanches et qui s'en va mourir dans de la dentelle. Un tissu raffiné que Speranza n'a jamais porté. Et ne portera sans doute jamais.

Serena se rhabille pour laisser entrer Alessandro.

— *Scusate se disturbo. Questo è il letto.* Comme je sais que la chambre n'est pas très grande, j'ai trouvé ce lit de camp. Ce soir, vous pourrez dormir ensemble. *Sarà più comodo, no?*

— *Certo Alessandro. Grazie mille.*

Bientôt l'heure du repas. Alessandro pose une assiette de *pasta rossa* par terre puis s'éclipse. Avant de manger, Serena tient à terminer l'esquisse d'une fleur tropicale. Multipliant les techniques pour, souligne-t-elle, « mieux creuser l'espace ». Chaque feuille est numérotée puis posée par paquets de quatre le long de chaque mur. Pour faciliter l'accrochage, l'armoire a été déplacée avec l'aide d'Alessandro.

— Il est temps de donner naissance à ta forêt, Speranza.

Hissée sur un escabeau, Serena tapisse un premier mur. « C'est magique », chuchote Speranza, face à l'horizon qui s'ouvre devant elle. Si elle le pouvait, elle se lèverait pour entrer dans cette orée végétale plus vraie que nature. Derrière une allée de cyprès s'invite une futaie composée de feuillus. Seraient-ce des chênes, des hêtres ou des châtaigniers ? Speranza l'ignore. Ce qu'elle sait, c'est que le résultat est édifiant.

— Comment fais-tu pour que chaque feuille soit raccord avec la suivante ?

— À vrai dire, ce n'est pas le plus compliqué. J'utilise le principe de la tapisserie. La nuit dernière, j'ai dessiné, mur après mur, l'ensemble de ta forêt à échelle réduite. Ensuite, j'ai quadrillé chaque esquisse en tenant compte des feuilles que j'utilise aujourd'hui. En France, on appelle ça *format raisin*. Ne me reste qu'à suivre mon modèle en veillant à juxtaposer de temps à autre les feuilles entre elles pour vérifier les raccords.

— *Ingegnosa gemella mia.*
— Merci *sorella.*

Le mystère éclairci, Serena refait son chignon et se remet à l'ouvrage. Y replonge comme s'il s'agissait d'une mer regorgeant de joie. Elle prolonge la magie à travers, cette fois, un champ de coquelicots qu'elle affichera de part et d'autre de la fenêtre. «Tu saignes encore», dit-elle à Speranza, tandis que ses mains servent désormais d'outil à dessiner. Le geste devient animal au moment de griffer de ses ongles le motif d'une écorce et d'un pelage. Quand soudain, elle s'arrête. Va et vient dans la chambre devenue un véritable atelier. S'approche de la fenêtre pour fermer les volets.

« Ne t'inquiète pas. Il s'agit d'une surprise », dit-elle. Sereine, Speranza se laisse happer par l'obscurité. Son regard met du temps à s'accommoder. Jusqu'à l'apparition presque divine d'un hibou jusqu'alors invisible, peint à l'encre phosphorescente.

— Wahou !
— Ça te plaît ?
— Beaucoup. C'est trop beau.
— Ce hibou sera ton veilleur de nuit.

Serena rouvre les volets et s'attaque désormais au ciel. Car, selon elle, aucune forêt n'existe sans territoire céleste.

— Y a-t-il quelque chose que tu souhaiterais que je dessine dans ton ciel ?
— Un champ d'étoiles que je ne verrai que la nuit. Un peu comme le hibou. Je pourrai les compter pour m'endormir. Et puis des roses tout autour. Une envolée de pétales, à perte de vue. Enfin, si c'est possible.
— Bien sûr.

Dans un pot en faïence, Serena verse un peu d'encre rouge écarlate. Elle lui rappelle ce sang qui, depuis un moment, a cessé de couler du nez de sa sœur. Mais pour combien de temps encore ? Discrètement, Speranza tousse en grimaçant. Boit un verre d'eau pour faire passer la douleur. Il lui semble que dans ce ciel manquera l'essentiel. Intimement, elle se dit qu'elle aimerait y voir une sorte de *Sainte Famille* suspendue parmi les étoiles. Une constellation humaine, plus païenne que religieuse, qui finirait de la rendre heureuse. Sa *gemella mia*, ses deux parents et elle. Réunis en un seul et même endroit, dans un même dessin. Deux corps rassurants tenant chacun dans leurs bras, un petit ange féminin. Elles, *sorelle gemelle*, avec ou sans ailes. Elle ignore si cette idée peut plaire.

Serena approuve, s'excite, s'exécute dans la minute, s'emparant de l'album de famille pour réaliser une image fidèle des deux modèles. Les premiers traits de sanguine révèlent une épaule féminine. Ainsi qu'un premier bras avec au bout, une main belle et fine. Celle de Selena. Ses doigts longilignes en disent long sur sa beauté. Des rehauts de pastel blancs soulignent la rondeur harmonieuse de ses seins offerts à la bouche de deux angelots souriants. L'un est le miroir de l'autre. Seul diffère le nombre de leurs orteils. Jaillit à leur côté le corps animé de

Virgilio. Sous ses muscles saillants émerge toute l'énergie du monde. D'un air amusé, Serena peaufine les contours d'un attribut masculin qu'elle dépeint comme étant la clé de toutes les origines. Sur chacun des visages se reflète à jamais la douceur d'une famille recomposée sous les traits de l'art. Satisfaite, elle s'empresse d'afficher ciel et *Sainte Famille* au plafond. L'opération se révèle délicate. Serena manque de tomber à plusieurs reprises. « Accrocher des étoiles n'est pas chose aisée », dit-elle.

Sous sa voûte céleste, Speranza se sent bien. Pleinement à l'abri. Rêveuse, son regard se perd dans l'ultime tableau que lui présente sa sœur. Celui d'un paysage fait de vallons et de champs d'oliviers survolés d'oiseaux et de papillons. Il servira à recouvrir la porte de la chambre. Au milieu sillonne un chemin qui mène jusqu'au pied d'un village haut perché qui ressemble à San Gimignano.

Exténuée, Serena s'allonge dans un lit de béatitude.

— Avec tous ces dessins, ta chambre a des airs de petite chapelle Sixtine. L'as-tu déjà visitée ?

— Non. Mais Alessandro m'en a beaucoup parlé. Il connaît bien les lieux pour avoir travaillé dans les jardins du Vatican. J'ai vu des photos. Il m'a dit qu'avant d'atteindre la fameuse chapelle, il fallait parcourir un kilomètre de galerie. Avec mon handicap, même en fauteuil, je ne sais pas si j'apprécierais. Car je fatigue assez vite, tu sais. Et toi ? Tu y es déjà allée ?

— Non, pas encore. Mais c'est mon rêve absolu.

— Profites-en pendant que tu es là. C'est l'occasion.

— C'est ce que je compte faire. L'idéal serait d'y aller ensemble. Toi et moi accompagnées d'Alessandro.

Sans mot dire, Speranza ouvre le tiroir de sa table de chevet. Elle en sort une plaque de laiton qui porte l'inscription *Laboratorio di scultura di Virgilio Buonarroti*. Entre deux quintes de toux, elle dit avoir découvert il y a longtemps déjà que le célèbre artiste Michel-Ange s'appelait en réalité Michelangelo di Lodovico Buonarroti Simoni. Et que, simple supposition, l'une et l'autre pouvaient être ses lointaines descendantes. Émue, Serena dit qu'il y aurait matière à creuser. Que peut-être, cette plaque de laiton révèle ce pour quoi sa mère adoptive a cru bon de rajouter *Sixtine* après *Sylvanielo*. Faut-il voir un signe derrière ce nom composé ? Jusqu'à envisager la possibilité d'un lien de parenté avec le célèbre artiste ? Interrogative, Serena balaie l'idée d'une pure coïncidence.

La lumière a décliné, laissant naître les premières étoiles, quel qu'en soit le ciel. Speranza a déjà trouvé le sommeil. Sa respiration est profonde, lente et hypnotique. Serena la regarde dormir, s'agiter parfois en grimaçant. Elle aussi aimerait compter les étoiles pour éloigner cette inquiétude sourde qui coule en elle de voir sa sœur si malade. Elle tente de ne rien montrer de ce qui se joue en elle, dans la moindre de ses cellules. « Rien ne s'oppose à la nuit, pas même la douleur », songe Serena. Dzzzz, dzzzz. « *Ciao amore* ? Comment ça va ? Qu'as-tu fait aujourd'hui ? ». Serena répond à Massimo qu'elle est lasse d'avoir dessiné toute la journée. Qu'elle va du mieux qu'elle peut. Mais qu'elle est heureuse à l'idée de passer la nuit au cœur d'une forêt noire, au côté de sa *gemella mia*, sous le regard bienveillant d'un hibou lumineux et de sa *Sainte Famille*.

Sous une voûte adorée
dort l'amour des anges
d'un sommeil radieux

5

D'un sommeil de reine, Speranza poursuit sa nuit dans un jour éclatant. À ses côtés, Serena étire son bras pour entrouvrir le plus discrètement possible la fenêtre de la chambre. S'invitent des bruits de pas dans le gravier et une odeur de menthe sauvage et de sauge. Serena se redresse. Cou tendu, elle jette un œil et aperçoit Alessandro sous les oliviers. Coiffé d'un *Panama*, il sifflote un air auquel répondent les oiseaux cachés dans les branches. Elle l'observe ramasser des rameaux qu'il range délicatement dans un panier. Serena ignore ce qu'il compte faire de tous ces symboles de paix.

Doucement, elle se hisse hors du lit, prend soin de recoller son dessin de lièvre au mur. Tout le reste a tenu. Sa *Sainte Famille* règne en maître, silencieuse parmi les roses. Elle rallume son smartphone.

Dzzzz, dzzzz.

23 h 12, message vocal de maman. « Bonsoir, ma Serena. J'espère que tu vas bien. Que tu es heureuse en compagnie de ta sœur. J'ai hâte de voir une photo de vous deux réunies. Je pense fort à toi. Enfin, à vous. Bisous ».

8 h 33, SMS de Massimo. « *Ciao amore*. J'espère que tu as bien dormi. On peut se tel ? J'ai quelque chose à te dire. Rien de grave, t'inquiète. T'♥ ».

9 h 4, messagerie vocale. « Vous avez trois appels en absence. [Numéro inconnu] ».

Perdue dans sa forêt de papier, Serena ne sait à qui répondre en premier. Ce dernier message attise sa curiosité. « Coucou, maman. Tout va bien. J'espère que tu vas bien aussi. Promis, je t'envoie des photos de nous deux dans la journée☺. Tu me manques. Je t'aime. Bisous ». S'ensuit un fugace « *Ciao* mon amour, comment tu vas ? Je t'appelle *subito*. Bisous. T'♥ ».

Speranza est à présent réveillée. Le regard encore endormi, elle n'en finit plus d'admirer la vie devant elle à travers la silhouette de sa *gemella mia* au milieu de sa chambre, portable en main. Elle scrute en silence celle qui, à ses yeux, porte la beauté d'une chasseresse magnifique vêtue d'une nuisette en satin. Qui ouvre la porte d'un paysage toscan pour aller téléphoner. Tout ouïe, Speranza tend l'oreille. Saisit quelques bribes d'une conversation enjouée. *Salut, mon chéri, galerie d'Art, quand ça? Tu me manques, merci* remplissent le temps et l'espace. Tout sourire, Serena entre en susurrant un dernier mot d'amour.

— Bonjour, Speranza. Bien dormi?

— Oui, et toi?

— Très bien, merci. J'espère que je ne t'ai pas réveillée.

— Non, pas du tout. Tu m'as l'air d'avoir eu une bonne nouvelle.

— En effet. Tu veux que je te raconte?

— Avec plaisir. En même temps, je veux bien que tu m'aides à faire ma toilette.

Tout en brossant la longue chevelure de sa sœur, Serena révèle « qu'en principe, bientôt, probablement, si tout va bien » elle exposera ses travaux dans une galerie d'art parisienne. Ainsi qu'elle y est invitée par une certaine madame

Issaïev. Laquelle est à l'origine des trois appels en absence et qui n'a pas souhaité laisser de message. Préférant sans doute la voix humaine à celle, trop artificielle, d'un opérateur téléphonique. Lentement, elle raconte l'histoire d'un couple de Russes vivant entre Paris et Saint-Pétersbourg. Que ce couple Issaïev est venu en France pour trouver une maison de retraite pour le père de monsieur. Un vieil artiste à la mémoire désormais perdue, propriétaire d'un atelier de peinture en plein cœur de la capitale. Et qu'à terme, les Issaïev envisagent de transformer ce vieil atelier en galerie d'art contemporain. Pour y exposer de jeunes artistes, comme elle. Entre deux bouchées de *cornetto*, elle en vient à évoquer pour la première fois celui grâce à qui ce projet d'exposition est rendu possible : Massimo. Qu'en dehors d'être *barista* dans une brasserie de son quartier, Massimo est également son amoureux. Qu'en dehors de tenir son rôle d'artiste du café, il possède l'art d'aimer causer avec la clientèle étrangère de passage. C'est ainsi qu'au fil d'une conversation, il a évoqué au couple Issaïev, les étonnantes séries de cyprès réalisées par une jeune artiste parisienne, étudiante aux Beaux-

Arts, nommée Serena Sylvanielo-Sixtine. Et qu'à la seule description de l'œuvre, ces derniers ont tout de suite adhéré à la dimension ambitieuse du projet, évocateur d'une *taïga* d'un genre nouveau.

— Monsieur et madame Issaïev souhaitent me rencontrer. Pour que je leur présente mes dessins dans l'idée, plus tard, d'exposer mon travail. Enfin, si j'accepte, conclut Serena, modestement.

— Pourquoi hésiter ? Tu dois exposer ton travail. Si tu ne le fais pas pour toi, fais-le pour moi, ma *gemella mia*. Pour moi qui n'ai et n'aurai jamais la chance de vivre mes rêves. Zio Errio dit souvent que lorsque la chance se présente, c'est Dieu qui te fait un sourire et que si tu ne réponds pas à son sourire, plus rien ne te sourira pendant longtemps. Il ne faut pas laisser passer cette chance.

— Tu as sans doute raison, ma sœur. Quant à toi, si tu avais un rêve à exaucer, là, tout de suite, lequel serait-il ?

Discrètement, veillant à ce que son souhait ne sorte pas des murs, Speranza dépose ce rêve si difficilement avouable au creux d'une oreille attentive.

Sous la douche, Serena hésite encore. Troublée, elle sait que ce qu'elle s'apprête à vivre n'est ni moral ni conventionnel. Et que pour tout dire, le rêve de sa sœur est totalement subversif. Pourtant, elle vient de promettre. Elle va essayer de faire éprouver ce qu'un tel partage peut avoir de beau et d'émouvant. D'intense aussi, jusqu'à produire des milliers de papillons dans le ventre.

De retour dans la chambre, elle prend soin de fermer la porte à clé ainsi que les rideaux. Un tel acte mérite une lumière discrète et douce. Sous le regard figé d'une *Sainte Famille* entourée de roses, Serena se souvient avoir lu qu'au Moyen Âge, une rose suspendue au plafond d'une pièce engageait au secret celles et ceux présents sous ladite fleur.

C'est alors qu'elle approche, timidement, les yeux clos. Se place tout près du visage attentiste de Speranza. De chacune des deux bouches émane un parfum de sauge et de menthe sauvage. Avec la délicatesse d'une abeille sur un pistil, Serena pose ses lèvres fraîches sur celles, fiévreuses, de sa sœur. Le geste se fait hésitant, moins naturel qu'avec Massimo. Dans le plus parfait silence, l'une et l'autre oublient tout. Font abstraction du lien qui les unit, le temps d'une parenthèse au cours de laquelle des joues s'empourprent et des cœurs battent plus fort que d'ordinaire. L'étreinte ne se limite qu'aux mains moites qui se serrent tandis qu'une langue, puis une autre se délient pour mieux s'enlacer, s'enrouler, s'embrasser sous les feux d'une honte passagère. Aussi langoureusement que longuement. Salives de jumelles se mêlent pour ne faire qu'une. Un liquide tiède, passionnément avalé pour que, dès le lendemain, il n'en plus reste rien.

Sous un ciel mauve, Alessandro regarde les rideaux de la chambre s'ouvrir. De loin, il ne peut percevoir ce dernier frisson qui traverse le corps de Serena, fière d'avoir osé accorder un tel plaisir à sa *gemella mia*. L'âme remuée et la peau écarlate, elle préfère repousser à plus tard la photo que lui a demandée sa mère. Pour ne pas éveiller des soupçons.

Par ce seul baiser offert, Speranza sait qu'il est désormais possible de s'élever vers les étoiles. Jamais elle n'oubliera ces précieuses minutes au cours desquelles ses joues se sont vues caresser par une chair douce. Celle d'une bouche attentive au désir, qui parfois chuchotait « Ferme les yeux et imagine que je suis un beau garçon » ou « Ce n'est que le début, tu n'as encore rien vu. Surtout, détends-toi. Et laisse-toi aller. » À l'envi, Speranza revit ainsi la beauté de ce voyage intérieur à travers la réminiscence d'un souffle chaud à l'orée de sa bouche entrouverte. Elle ressent encore les mouvements de cette langue *liane* parcourir son palais au cœur duquel, très vite, se sont mis à battre des millions d'ailes de papillon. Et qui, après un temps suspendu, ont pris leur envol pour rejoindre l'éternité.

En douce, elle aimerait s'emparer de son carnet pour y écrire son tout dernier vœu. Elle souhaiterait que sa *gemella mia* dessine le souvenir de ce baiser. Qu'importe que ce dessin soit figuratif ou abstrait, dès lors qu'il exprime sa nature symbiotique. L'âme remuée et la peau écarlate, elle, aussi, préfère repousser à plus tard ce temps d'écriture. Au plafond, la voûte céleste chancelle. Lasse, ses yeux se ferment sur la vision d'un sphinx sombre posé sur ses poumons.

Sous un champ de roses,
le souffle d'un baiser de déesses
aux paupières closes

FORÊT DE CENDRE

1

Le temps d'un appel, Serena s'éclipse.
— Allo, bonjour. Madame Issaïev ?
— Oui.
— Serena Sylvanielo-Sixtine à l'appareil.
— Bonjour, madame. Merci de me rappeler.

Speranza profite de cette absence pour écrire une lettre intitulée *Souviens-toi de toujours oser*. Elle se presse, avant que tombe l'inévitable crépuscule.

Chère Serena.
C'est par ces mots que je souhaite te témoigner mon amour. Ces mots, tu devras les garder près de toi. Ils éclaireront ta vie entière. Et chaque choix que tu feras illuminera mes nuits.
Sache que jamais je n'oublierai ces heures passées en ta compagnie. Je te remercie pour tout. Ton baiser, je l'emporte avec moi comme le plus beau des trésors. De là où je serai, je repenserai à la beauté de ton âme et à la

finesse de tes paupières tombant de sommeil sur tes yeux couleur émeraude. J'ai tellement espéré ta présence. Te rencontrer m'a rendue plus vivante que jamais. Grâce à toi, je n'ai plus peur de la mort. Merci.

Merci aussi pour tes dessins. Pour cette forêt magique dans laquelle je rêve d'emprunter un chemin au hasard et y trouver une clairière au milieu de laquelle je m'allongerais, les bras en croix. Le corps léger, tout entier libéré de cette paralysie qui m'a tant fait souffrir au cours de ces longues années.

De ton côté, ma Serena, il te faudra sortir du bois. Oser, toujours. En commençant par oser exposer tes œuvres, dès ton retour à Paris. Ton talent mérite un cadre autre que celui de ma chambre. Imagine l'effet que ça ferait de rassembler en un même lieu, tes cyprès aux côtés de notre forêt et de notre Sainte Famille. Le tout, sous un océan de roses parfumées. Sans oublier la représentation de notre baiser que j'aimerais que tu réalises les yeux fermés. Une expérience artistique et sensorielle à vivre, dans sa plus sublime pureté.

Mais avant, il te faudra oser te rendre à la chapelle Sixtine en ma compagnie. J'aimerais en effet que y tu disperses mes cendres au cours de ta visite. C'est ma dernière volonté. Car je veux être incinérée. Ma dépouille ne doit pas dépasser le poids d'un pétale. Enfin, je souhaite des funérailles religieuses. Zio Errio qui a un passé de prêtre-ouvrier devrait pouvoir célébrer la cérémonie.

Ainsi, sème mes restes sur le marbre froid, comme on sème des graines sur une terre gelée. Qui sait ? Peut-être qu'un champ de roses Espérance éclora ?

De toute mon âme, je t'aime, gemella mia.

Speranza.

Soulagée, Speranza glisse sa lettre et son stylo sous son oreiller. Puis laisse tomber son bras encore valide sur le côté du lit, comme une feuille morte. Le fait d'avoir rédigé son testament la rend heureuse. Le bras en croix, elle attend Serena qui devrait revenir d'une minute à l'autre. Sans doute partageront-elles ensemble, pour la dernière fois, ce thé au goût d'ange et de fleur d'oranger que lui prépare chaque soir Zia Aemilia. Sur son visage perle une indicible joie qui sous-entend déjà que la nuit fera le reste.

Dans les profondeurs d'un thé
nage le souvenir d'un ange
sur un nuage de lait

2

Incommodée par un sentiment étrange, Serena se réveille en sursaut. Dans sa bouche, le parfum de sauge et de menthe sauvage a disparu, laissant place à un goût âpre qui lui gratte la gorge. En douce, elle active son smartphone.

Dzzzz, dzzzz.

Sur l'écran s'affiche un message de Massimo. Un texte en vrac, chaotique, qui l'informe que Paris est en pleurs en raison d'un attentat terroriste perpétré tôt ce matin, dans son quartier, rue de l'Université. Le bilan est de cinq morts après l'explosion d'une voiture au pied d'un immeuble. Le 7e arrondissement est bouclé pour des raisons de sécurité et le *Pré aux Clercs* est fermé jusqu'à nouvel ordre. L'attentat n'a pas encore été revendiqué. Les médias disent ne rien savoir pour le moment. Que c'est encore trop tôt.

Serena reste interdite. Le cœur battant, elle poursuit sa lecture, apprenant que Massimo a été évacué de la brasserie et qu'il est désormais rentré chez lui. Il conclut en disant qu'il va bien et qu'il ne faut pas s'inquiéter pour lui.

Ne pouvant se lever au risque de réveiller sa sœur, Serena répond dans la foulée « Mon chéri. Je suis sous le choc. Surtout, reste chez toi, c'est plus prudent. De quel côté de la rue de L'Université ? Assemblée nationale ? »

Dzzzz, dzzzz.

« Aux infos, ils viennent d'annoncer que l'explosion a eu lieu place du Palais Bourbon. De ton côté, tout va bien ? *Mi manchi, amore* ».

« *Mi manchi anche tu.* Je t'appelle plus tard. Bisous », répond Serena tandis que lui revient l'image peu chaste du baiser. Un acte d'infidélité qu'elle n'osera jamais avouer à Massimo. Pour ne pas trahir le secret. *Son* secret et celui de celle qui, à ses côtés, ignore tout de ce qui vient de se passer à Paris. Tant qu'elle dort profondément, imperturbable et sereine. Aucune explosion ne serait assez puissante pour réveiller Speranza. C'est ce que pense Serena qui scrute la surface des draps, à la recherche d'un mouvement infime capable de souligner la moindre respiration.

Serena panique, chuchote, crie. Secoue celle qui poursuit sa nuit et qui, déjà, semble loin. « Speranza, Speranza, réveille-toi s'il te plaît ». Elle n'ose comprendre qu'un second attentat vient d'avoir lieu. Tout proche d'elle. Un acte odieux qui a fait exploser le cœur de sa sœur qui ne respire plus. Depuis quand ? Elle ne saurait le dire. Le corps est déjà froid. Elle soulève le drap devenu linceul. La peau des avant-bras est marbrée de taches violacées. Le ventre est constellé d'ecchymoses qui rappellent des galettes de pétrole souillant une plage de sable blanc. *Corps cadavre* sont les mots coincés dans la gorge de Serena lorsque débarquent Alessandro et Catarina, suivis de Zio Errio et Zia Aemilia. Laquelle crie *« Mia Speranza sta ancora dormendo, mia Speranza sta ancora dormendo »*. Zio Errio s'empresse de prendre dans ses bras cette épouse qui, soudainement, prend les traits d'une vieille femme à trop vouloir animer celle qui dort encore mais qui ne dort plus vraiment. Alessandro entrebâille les volets. Juste ce qu'il faut pour laisser entrer le jour et sortir la mort. Une lumière spectrale inonde la pièce et fait naître une *Pietà* dès l'instant où Zia Aemilia se met à caresser les cheveux d'une poupée de marbre aux yeux clos. Son visage est une forêt de larmes. Des larmes qui se répandent sur les joues de Speranza et lui redonnent un semblant de vie. Un *artefact* devant lequel Serena ressent l'envie impétueuse de fuir ce matin d'hiver en plein été. Malgré tout, elle reste. Les poings serrés, elle se bat pour ne pas arracher ses dessins et les brûler. En faire une forêt de cendre pour retrouver un peu de cette chaleur qui lui manque déjà trop. Celle de deux sœurs enlacées, à l'abri du monde assassin.

Prostré dans un coin de la chambre, Alessandro est comme un enfant perdu. Conscient d'avoir fait pour le mieux, il regrette cependant d'avoir caché si longtemps à Speranza la possibilité de retrouvailles bien avant l'âge de ses vingt ans. Guidé par son instinct, il a su que le moment était venu. Mais rien ne l'empêche de se reprocher d'avoir joué avec le feu et la naïveté de celle qui se nourrissait d'une absence pour mieux alimenter sa vie fragile.

Calmement, Zio Errio explique à Serena que sa sœur souffrait d'une infection chronique aux poumons. Qu'avec le temps, plus aucun antibiotique ne faisait effet. L'attentat à Paris disparaît sous les décombres de sa peine.

« À plus tard, Serena. *Tam biet*, Speranza », murmure Catarina. Serena a demandé à ce qu'on la laisse seule. Elle a cessé de crier. Pleure à peine devant cette silhouette inerte qui lui ressemble, à la vie, à la mort. À trop regarder Speranza, elle finit par se voir et se demande laquelle des deux est la défunte. Elle ose un baiser sur le front gelé. « À Paris comme ici, tout est glauque », pense-t-elle. Malgré tout, elle éprouve une envie folle de rentrer. Envie de revoir son quartier, même défiguré. Envie de vie, d'amour, de fêtes égoïstes après ce jour de défaite. Elle veut revoir la flèche fragile de Notre-Dame et marcher sur les quais de Seine, même inondés, entre son amant et sa mère. Elle veut baigner dans cette chaleur qui l'aidera à surmonter la perte de cette offrande si récemment reçue. L'amour d'une sœur, qui plus est jumelle.

Dzzzz, dzzzz.

— Allo, ma Serena chérie. C'est maman.
— Bonjour, maman. C'est horrible…

— Je sais. Massimo t'a dit ?
— Oui. C'est horrible, maman.
— En effet. Paris vit au rythme des sirènes de pompiers. Ça n'arrête pas.
— Maman. Speranza est morte.

Après ce quiproquo, Agnès a du mal à retenir ses larmes. Est-ce à cause de la distance qui les sépare ? Ou la situation dramatique de part et d'autre ? Elle peine à trouver les mots justes pour réconforter celle qui sera toujours à ses yeux, cette petite fille espiègle, à la fois forte et délicate. Un soyeux « Je t'aime » suffit pourtant à Serena pour sentir sa présence.

Avant de quitter la chambre, Serena arrange une mèche de cheveux sur le visage de sa sœur. S'empare de ses mains et entrecroise les doigts rigides et blancs. « Repose en paix », songe-t-elle, tandis qu'elle aperçoit l'amorce d'une feuille sous l'oreiller. Elle s'en saisit et découvre les dernières volontés de celle qui, de plus en plus, lui rappelle une peinture préraphaélite. D'une traite, elle lit les mots d'*Ophélia*, de cette femme au teint pâle, au corps allongé dans un lit de rivière. Sans s'arrêter, Serena s'abreuve de ce dernier message écrit à son attention. La lettre lue, elle fait la promesse de se souvenir de toujours oser. C'est ainsi qu'une à une, elle décroche chaque feuille de l'immense forêt de papier pour mieux l'exposer plus tard, dans un autre lieu. La chambre a retrouvé son aspect originel. Ne restent au plafond que quelques trous de punaises. Comme autant d'étoiles disparues.

Par la fenêtre, elle voit Alessandro marcher au bras de Catarina. Leur ombre bleue recouvre celle des oliviers. Tous deux fument pour masquer leur mélancolie. Serena court les rejoindre pour en faire autant. « Qu'importe si fumer tue. Je suis à moitié morte », dit-elle à voix haute.

Entre les branches d'un verger
pleure la plume d'un oiseau
dont le chant s'est arrêté

3

Assise sur un muret en pierre, Serena attend le corbillard. Elle patiente en écoutant chanter un couple de tourterelles qui, de toit en toit, s'amuse à s'aimer au moment de s'envoler. Le son de leurs ailes est comme le sourire d'un ange. Intrigant. Elle songe à cette idée de dernier voyage qu'elle trouve cruelle dès lors que Speranza n'a pas eu la chance de parcourir ne serait-ce qu'un petit bout du monde. Elle est convaincue que sa sœur a rêvé plus d'une fois de visiter des territoires inconnus. Des îles au goût de paradis. Ischia, Capri, Chypre. Et plus loin, Java, Hawaï ou Fidji.

Une odeur d'encens émane de la chapelle devant laquelle patiente Alessandro. Il est prêt à porter le cercueil. De part et d'autre des vitraux, des volets donnent à la chapelle des airs de petite maison. Comme l'imaginait Serena, peu de gens sont venus. Pour seule jeunesse, il n'y a qu'elle. Là encore, elle trouve ça cruel, tandis qu'au loin, dans un champ, un groupe de garçons frappent dans un ballon. Certains sont si petits qu'on ne voit d'eux que le haut du corps. Le champ n'a pas encore été moissonné. Serena se dit que la jeunesse de sa sœur est passée sous silence. Jamais elle n'a connu les joies de l'école et des cours de récréation. Ni même l'angoisse d'une rentrée des classes, lorsqu'il est question de faire connaissance avec de nouveaux camarades. Jamais Speranza n'aura eu de maîtresse l'invitant à donner la main à une camarade qui, dès le lendemain, devient une amie pour la vie.

Le cercueil de *Speranza Uccellino* est désormais posé au centre de l'autel. Dehors, le couple de tourterelles fait chanceler la cime des cyprès. Péniblement, Serena monte les marches jusqu'à atteindre le perron. Sous ses pieds, une mosaïque de dalles en marbre gris l'invite à entrer dans une pénombre qui n'a rien d'inquiétant. Pas à pas, elle sent qu'on la dévisage. Elle croise le regard d'anonymes frappés par la ressemblance avec le portrait noir et blanc posé sur le cercueil. D'autres baissent la tête et se recueillent en faisant un signe de croix. Serena aimerait les remercier, un à un, d'être venus honorer la mémoire de sa sœur.

Tout juste assise, Serena se laisse cueillir par la beauté d'un vitrail qui diffuse ses couleurs sur la photo de Speranza. Bien qu'agnostique, elle vit cet instant magique comme un cadeau du ciel. De sa voix cristalline, Zia Aemilia ouvre la cérémonie par le chant d'un *Ave Maria*. Prières et harmonium se répondent. Dans l'ambiance liturgique, Serena se perd dans une étrange Vierge à l'enfant aux yeux sombres, en amande. Un vitrail lugubre où seul le vol d'un oiseau peut insuffler un soupçon de vie. « *Colomba innamorata* », souffle Alessandro à chaque passage d'une colombe amoureuse derrière le verre.

Serena n'a encore rien dit. Elle sent que son hommage est attendu. Lors de la préparation des obsèques, elle s'est longuement interrogée sur le choix de la langue à adopter pour écrire son discours. Italien ? Français ? Ayant si peu vécu aux côtés de sa sœur, Serena n'a pas réussi à rédiger la moindre ligne, préférant pallier son silence en empruntant un poème de Pablo

Neruda tiré du recueil *La rose détachée et autres poèmes*.

Serena se lance.

« Si chaque jour tombe la nuit, il existe un puits où la clarté se trouve enclose. Il faut s'asseoir sur la margelle du puits de l'ombre. Pour y pêcher avec patience la lumière qui s'y perdit. »

Elle aimerait improviser une suite, même incompréhensible, même maladroite. Risquer une digression. Elle voudrait mettre à l'honneur les milliers d'heures de courage de Speranza. Évoquer ses qualités d'écrivaine. Par-dessus tout, elle voudrait clamer son amour de jumelle, sans concession ni détour. Pourtant, Serena se sent incapable de poursuivre ce chemin à l'oral. De loin, elle préférerait que lui soit offerte une toile vierge sur laquelle elle peindrait, les yeux clos et la bouche cousue de fil de satin, l'étendue d'une lumière perdue au fond d'un puits. Pour la rendre visible, charnelle, flamboyante. À défaut, elle se laisse guider jusqu'à l'autel par la lueur vacillante d'un cierge.

La cérémonie arrive à son terme. De derrière une colonne de marbre rose retentit *La mort du cygne* de Saint-Saëns. Zio Errio bénit le cercueil et invite à qui le souhaite à en faire de même. L'eau bénite sur le chêne forme une rosée qui se mêle aux larmes. À son tour, Serena fait pleurer la branche de rameaux, embrasse la noblesse du bois promis à un destin de poussière. Il mêlera ses cendres avec celles de sa sœur. « Tout ça pour ça », pense-t-elle, tandis qu'elle sort sous la lumière aveuglante du soleil de midi. Dehors, la foule applaudit au passage du cercueil. Serena ne connaît pas cette tradition qui consiste à briser le silence pour célébrer la vie par-delà la mort. Bien que surprise, elle adhère. Ses mains se mettent à battre au rythme des ailes d'une colombe blessée.

Peu à peu, le parvis se vide. Seul un petit groupe de personnes est resté. La plupart sont des anciens du village, venus pour soutenir Zio Errio et Zia Aemilia dans leur peine. Serena accueille leurs *sincere condoglianze* en les remerciant d'un hochement de tête presque mécanique.

Elle n'a qu'un désir. Rentrer pour se reposer puis téléphoner à sa mère dont la présence lui manque tant. Juste avant,

Alessandro tient à lui présenter le médecin de famille qui a accompagné Speranza pendant de longues années. Serena apprend que grâce à ce « grand monsieur », sa sœur a évité de justesse une opération au cerveau envisagée par un neurologue qui usait de méthodes dignes d'un apprenti sorcier. *« Grazie mille, dottore »*, dit Serena à ce médecin devenu vieux d'avoir soigné tant de gens. Qui a appris à ne pleurer que de l'intérieur et qui s'en va sous un ciel sans nuage. Derrière la colline, la fumée d'un incinérateur s'apprête à balafrer l'horizon.

Serena et Catarina cueillent un bouquet de roses dans le jardin. Alessandro les rejoint, une bouteille de *chianti* et des verres à la main. Zio Errio et Zia Aemilia préfèrent se reposer. Ils ont fermé la porte d'une maison triste. Les persiennes de la chambre de Speranza sont fermées. Comme les paupières d'une poupée de cendre.

Derrière un vitrail
volent les restes d'une colombe
vers la mer de Corail

4

Serena fait sa valise. Elle veille à ne rien oublier. Ni effets personnels ni souvenirs de cette chambre qui, désormais, ressemble à celle d'un hôtel ou d'un hôpital. Le lit est recouvert de draps neutres, impersonnels. Les meubles ont été cirés. Le tiroir de la table de nuit ainsi que l'armoire sont vides. Médicaments, pansements, vêtements et linge de maison sont entreposés dans des cartons séparés. Voués à être envoyés à des associations humanitaires, ils serviront à des vivants venus d'Afrique ou du Moyen-Orient. Les voiles mauves sont les fantômes d'un paradis perdu. Au sol gît la dépouille desséchée d'un lézard. Un compagnon d'infortune que Serena emporte avec elle pour l'enterrer dans un endroit joli. Au pied d'un olivier ou dans une rocaille ? « Je verrai », dit-elle. Ne reste sur les murs que le crucifix qui rappelle la foi dont faisait preuve Speranza.

Tandis que Serena creuse un trou au pied d'un puits au fond duquel flotte une lumière sélène, Alessandro et Catarina patientent près de L'Alfa. Le moteur est allumé, prêt à avaler les kilomètres de tristesse jusqu'à la terre promise de Speranza. Avant Rome, ils passeront par le funérarium pour récupérer des cendres froides, à la légèreté d'un lézard.

« Arrivederci, Serena. Buon viaggio. Torna presto ». Chacun leur tour, Zia Aemilia et Zio Errio enlacent Serena. Ses bras trop courts peinent à embrasser autant d'amour en même temps. Zia Aemilia tend un sac. *« Ecco, prendi »*. À l'intérieur s'y trouvent le stylo blanc de Speranza et une boîte de biscuits sur laquelle sont notées leurs coordonnées. Émue, Serena explique que ce stylo leur revient. Que de son côté, elle emporte le cahier d'écriture de sa *gemella mia*. Et que ce cahier représente déjà beaucoup pour elle. D'une voix sage, Zio Errio l'invite à toujours garder le stylo près d'elle et lui fait promettre de leur écrire, de temps à autre, une carte postale de Paris ou d'ailleurs. Et, quel

que soit l'endroit, ils seront heureux d'avoir de ses nouvelles. *« Promesso! »*, conclut-elle.

Alessandro démarre. Dans son rétroviseur, il voit Zia Aemilia et Zio Errio disparaître dans un nuage de poussière, au pied d'une maison dix fois trop grande pour eux. Avant de quitter Levane, Alessandro demande à Serena si elle souhaite passer au cimetière où sont inhumés ses parents. D'un hochement de tête, elle décline. *« Forse una prossima volta »*, dit-elle. Une prochaine fois, peut-être. La photo d'une stèle suffit à son recueillement.

Arrivée à Montevarchi, Serena découvre sa ville natale qui ne ressemble en rien à l'image qu'elle s'en était faite. *Via Sugherella*, une femme patiente devant le pas-de-porte *Onoranze Funebri La Colomba*.
— *Buongiorno. Siete la familia Uccellino, credo?*
— *Buongiorno. Siamo noi.*
— *Vi porgo le mie sincere condoglianze. Seguitemi.*
— *Grazie a lei.*

Après la signature de quelques documents, Serena recueille l'urne qui abrite un corps devenu sable. Une poussière d'étoiles légère qu'un seul vent suffirait à transporter loin des yeux. Mais jamais du cœur. Sur *l'Autostrada del Sole,* elle regarde défiler les lignes blanches discontinues qui meurent aussitôt nées. Alessandro accélère, roule de plus en plus vite. À la radio, passe *La mia storia tra le dita.* Catarina lui fait signe de ralentir car ce n'est pas prudent. Son histoire entre les doigts, Serena se sent protégée, convaincue que plus rien ne peut lui arriver. Hormis du beau. C'est en tout cas ce qu'elle se souhaite.

À Rome, les touristes promènent leur liesse d'une rive à l'autre du Tibre. Depuis la colline de l'Aventin, Serena admire le dôme de la Basilique Saint-Pierre tapi sous un ciel orangé. Un paysage à la *William Turner* qui lui fait dire que la ville éternelle est le tombeau idéal pour sa *gemella mia.* Et que si petite soit-elle, la chapelle Sixtine devient un joyau sous une telle lumière.

Malgré la tristesse, Serena souhaite profiter de la douceur d'une soirée romaine. Catarina lui demande si elle désire dîner à l'extérieur plutôt qu'à la maison. Serena avoue préférer la tranquillité de la terrasse. Elle veut, comme la première fois, revivre cet instant où un vin corsé a pénétré ses veines dès la première gorgée. Elle veut revivre cette minute de puissante ivresse qui l'a aidée à sentir la vie, *sa propre vie*, en profondeur. Au point de percevoir dans les tempes les chaos du cœur. Écouter le bruissement des feuillages répondre au tumulte des rues reste un souvenir magique. C'était, pense-t-elle, comme un film romantique sans paroles. Un philtre d'amour à accoutumance. En revanche, ce qu'elle n'ose pas avouer, c'est son désir de partager, une fois dans sa vie, un repas en compagnie d'un couple semblable à des parents. Sa mère ayant toujours considéré que sa fille et ses amants étaient des planètes impossibles à rapprocher.

Avant de passer à table, Serena s'en va se perdre dans les allées du jardin. Guidée par un parterre de lumières pas plus grosses que des lucioles, elle marche jusqu'à l'énigmatique sculpture de femme. De son index, elle suit, une à une, les lettres gravées dans le marbre. La signature *V. BUONARROTI MCMXCIV* lui confirme qu'elle est bien l'œuvre de son père.

« Leur père ». Cependant, elle ne saurait dire si celle qui fut le modèle se prénomme Agnès ou Selena, la sculpture ressemblant tant à l'une qu'à l'autre.

Accoudée au balustre de la terrasse, Serena écoute Alessandro commenter les élans d'un ciel bleu saphir. Il montre Altaïr, l'étoile la plus brillante de la constellation de l'Aigle. Serena admet être nulle en astronomie. Alessandro lui répond que « Le plus important est de savoir situer sa propre étoile ».

Après avoir cuisiné des *pomodori al riso*, Catarina les rejoint avec un plateau d'*antipasti* et trois verres de *Spritz*. *« Salute ».* Ensemble, comme une vraie famille, ils trinquent à la gloire d'une nouvelle étoile. L'amertume de l'orange aide Serena à oser questionner Alessandro au sujet de cette femme au corps de marbre. Alessandro commence par dévoiler l'histoire de sa *bella amicizia* avec Virgilio. Il raconte qu'enfants, ils ont vécu dans le même quartier populaire du *Trastevere*. Qu'ensemble, ils ont appris à se battre et à se confronter aux choses de la vie. Que malgré les difficultés à vivre dans des familles pauvres, ils ont trouvé la force de se créer un chemin qui les conduirait vers la réussite. Pendant plusieurs années, ils ont partagé un atelier dans lequel Virgilio a passé des jours et des nuits à tailler de la pierre pour devenir un sculpteur renommé. Au côté d'Alessandro, qui étudiait les techniques d'agronomie, apprenant par cœur le nom des fleurs en latin et en italien. Il précise qu'un jour, Virgilio, dont tout le monde disait qu'il était le digne héritier de *Michelangelo Buonarroti*, a emprunté un scooter pour se rendre au village de Caprese Michelangelo afin de consulter les anciens registres paroissiaux. Sur place, il apprit avec un peu de déception que le dernier descendant de l'artiste était mort vers 1858. Et qu'après, il n'y avait plus la moindre trace d'une éventuelle lignée. « Un jour, ton père m'a présenté Selena. De simple modèle, Selena est très vite devenue la muse du sculpteur. Du jour où ils se sont rencontrés, ils ne sont plus quittés. Entre eux, l'amour était, disons, fusionnel. De mon côté, comme tu le sais déjà, je suis parti quelques années en France. Il nous est arrivé de séjourner tous les quatre dans l'atelier. Entre nous, il n'y avait aucune gêne. Juste du plaisir à vivre ensemble. Pour soulager Selena qui parfois n'en pouvait plus de poser, Agnès se mettait à nu et posait à son tour. Voilà pourquoi, Serena, la sculpture de femme dans le jardin est un savant mélange de tes deux mères ». Alessandro poursuit en racontant qu'après avoir appris que Selena était enceinte, Virgilio lui a conseillé d'aller se reposer à la campagne, au calme, jusqu'à l'accouchement de leurs jumelles. Loin du bruit et de la poussière de l'atelier. C'est ainsi qu'elle est allée habiter à Levane, chez Errio et Aemilia Uccellino. Un couple qui pour elle était devenu sa famille de cœur depuis qu'elle avait perdu ses parents dans un accident d'autocar. Serena accueille comme la sienne cette histoire d'un passé lointain. Elle découvre à quel point sa lignée maternelle est une constellation de douleurs. Catarina apporte son plat de *pomodori al riso*. Pour se donner du courage, Alessandro ouvre une bouteille de *brunello*. Il se met à dépeindre ce qu'il définit comme une nuit d'horreur, le soir où Virgilio et lui ont pris la route en direction de Montevarchi. Il dit revoir Zio Errio planté au milieu du parking de l'hôpital, le visage blafard sous des lampadaires. Il dit se rappeler des cris de Virgilio résonnant dans toute la Toscane en apprenant la mort consécutive de *Selena, la sua vita,* et de ce bébé répondant au doux prénom de Stella.

À ce moment précis, Serena aimerait invoquer le silence. Mais souhaitant qu'Alessandro poursuive le fil de cette nuit d'horreur, elle préfère ne rien dire et caresse l'espoir de trouver l'once d'une volupté dans son verre de vin. Il ne lui faut guère de temps pour lire à travers les lignes la triste réalité d'un père refusant de faire les démarches pour reconnaître son second enfant. Un bébé plein de vie qui à ses yeux, avait volé la vie de sa femme et de sa fille. Serena accuse le coup, devinant le suicide d'un père dans la poussière de son atelier. Elle sait qu'à aucun moment elle n'a porté le nom de Buonarroti, mais celui de Innocenti. Jusqu'à son adoption salvatrice et réparatrice, lorsque le son d'une chapelle dans son nom fait subtilement écho à celui d'un père.

Alessandro informe Serena que le fameux atelier de sculpture a, depuis longtemps, été transformé en appartement. Qu'une moitié des loyers a servi à payer les soins de confort de sa sœur. Et que l'autre moitié a été placée sur un compte ouvert à son nom. « Un notaire devrait prendre contact avec toi dans les semaines à venir », conclut Alessandro, fier d'avoir fait part de cet héritage en pleine nuit fauve. N'ayant plus rien à dire, il tend à Serena un morceau de marbre veiné de rose. Serena reconnaît l'orteil ayant appartenu autrefois à cette même sculpture de femme qui, depuis, a révélé une part de ses secrets. Elle ignore si cet orteil est inspiré de celui de Selena ou d'Agnès. Elle se dit que tout ceci n'a plus vraiment d'importance. Que l'essentiel est de vivre le temps présent en se souvenant de toujours oser.

Tandis que Rome peine à s'endormir, Catarina réserve trois billets coupe-fil. Elle en informe Serena qui sait que bientôt, sur un sol en marbre poli par les ans, brillera une poussière d'étoiles.

Dans un palais de marbre
l'éclat d'une constellation
pleine de volupté

5

Dans l'aube romaine, Serena passe un chemisier gris perle. Elle sait que c'est celui que sa sœur préférait parmi tous ses vêtements. Face au miroir, elle veille à ce qu'il soit suffisamment opaque pour, une fois sur place, ne pas prendre le risque d'être fouillée. La veille, elle a réfléchi avec Alessandro et Catarina à la manière la plus simple d'entrer sans crainte avec les cendres de sa *gemella mia*. De toute évidence, l'urne trop imposante lui aurait été retirée lors du contrôle des sacs. C'est ainsi que Catarina a suggéré l'idée d'utiliser une pochette en soie inspirée d'une ceinture de grossesse. Une fois confectionnée, avec délicatesse, elle a dévissé le couvercle de l'urne puis a invité Serena à la rejoindre. De concert, comme on le ferait avec une amphore remplie d'un vin précieux, elles ont versé la cendre à l'intérieur de la ceinture. En veillant à ne rien perdre de la part des anges.

Serena caresse son ventre à la manière d'une femme enceinte. Son bébé de poussière qui jamais ne bougera est au chaud, protégé, à l'abri. De leur côté, Alessandro et Catarina sont prêts. Vêtus tous les deux d'un blanc éclatant, leur beauté suffira à dissiper le moindre soupçon.

Dzzzz, dzzzz.

« *Ciao amore*. C'est moi qui viendrai te chercher ce soir à l'aéroport. Ta mère est au courant. Bon voyage et encore bon courage. J'espère que tout va bien. *Baci*. Massimo ». « *Ciao* mon chéri. Tout va bien. Hâte de retrouver tes bras et mon petit chez-moi. Je te préviendrai si mon vol a du retard. Je dois filer. Bisous ♥ ».

Dans les artères de la ville, le bruit des klaxons jure avec le calme des ruelles. *Via della Conciliazione,* Serena presse le pas jusqu'à la *Città del Vaticano,* guidée par le dôme de la basilique Saint-Pierre qui, aux yeux d'Alessandro « ressemble à un sein qui nourrit depuis des siècles, la foi de millions de catholiques ».

Aux abords du musée, Serena subit la horde sauvage des guides touristiques. *« Per favore, vattene »*. Alessandro les écarte d'un revers de main. Il ne veut, pour rien au monde, voir l'élan du deuil se briser. Comme pour faire diversion, il salue l'agent de sécurité d'un puissant *« Ciao, Paolo »*. Le portique de sécurité franchi et son billet scanné, Serena pose sa main sur son nombril en songeant « Ça y est ma Speranza. J'y suis. Nous y sommes. Bientôt, tu seras libre ». Malgré la foule, un calme inédit imprègne l'intérieur du musée immense. Sous les hauts plafonds, Serena parcourt les lieux avec une admiration relative. Chaque allée est gorgée de sculptures, de peintures et de tapisseries. Chaque recoin est recouvert de feuilles d'or. Tant de richesses au mètre carré accumulées au fil des siècles, cela lui semble indécent quand dehors, trop des gens crèvent de faim. De Vinci, Giotto, Véronèse, Raphaël, Poussin, Le Caravage, Van Gogh, Rodin, Utrillo, Buffet, Picasso défilent dans un film en cinémascope. Serena a la nausée. Alessandro l'invite à venir prendre l'air dans le Jardin carré. Il lui parle rapidement de ce havre de verdure qu'il a eu l'honneur d'entretenir lorsqu'il était apprenti paysagiste. Il ouvre une porte sur son histoire personnelle en parlant de sa mère qui, autrefois, travaillait comme femme de ménage à la *Libreria Editrice Vaticana*. Que sans elle, jamais il n'aurait eu la chance d'y entrer «pour cultiver son jardin». Alessandro avoue connaître le musée comme sa poche, mais ne dit rien de son père. Serena n'ose pas aborder le sujet pour ne pas se risquer à trop d'indiscrétion. La nausée passée, elle décide de poursuivre son chemin vers la libération. La pochette en soie finit par la démanger. Elle marche, quand soudain, l'arrivée. L'entrée de la chapelle Sixtine est noire de monde. Les pieds posés sur la mosaïque d'un oiseau fantasque, Serena se concentre et visionne la manière avec laquelle elle va enfanter les restes de sa *gemella mia*. Mentalement, elle répète un à un, chaque geste millimétré qu'elle souhaite aussi discret que doux. Pour ne pas meurtrir la solennité de l'instant. *«Visita limitata a dieci minuti»*. Serena apprend qu'elle ne pourra rester que dix minutes dans la chapelle. Une durée, selon elle, résolument trop courte devant la grandeur d'une promesse à tenir. *«Avanti»*.

Serena avance, suivie de Catarina et Alessandro. Entourée de trop de monde, elle s'efforce de faire sa place dans cette chapelle qu'elle avait imaginée bien plus vaste. Fascinée, elle se laisse envelopper tout entière par l'envergure des personnages et la majesté des *Ignudi*. Elle respire la couleur des anges et leur beauté biblique. À force de trop lever les yeux au ciel, la tête lui tourne. Le temps s'écoulant, elle se place à la verticale de *La Création d'Adam* et, le plus discrètement du monde, prend une respiration profonde qui rompt la membrane de soie. Serena baisse les yeux pour voir s'envoler les millions de particules grises sur le sol polychrome. Le moindre mouvement autour souffle comme un *maestrale* répand les cendres dans un décor de marbre et d'or, sous une voûte céleste plus belle que jamais. « Speranza appartient désormais au royaume des arts », murmure Serena, émue et fière d'avoir *osé*. « Adieu, Speranza. Je reviendrai, je te le promets. De toute mon âme, je t'aime *gemella mia* » sont les mots que Serena se dit au moment de quitter la chapelle. Le cœur léger, elle part avec le souvenir de *La Création d'Adam* incarnée par deux index qui se rapprochent sans jamais se toucher. À l'image d'un baiser de cinéma, lorsque deux bouches au milieu d'une fontaine s'aiment sans jamais se toucher. Comme pour dire qu'il est possible de s'aimer. Même de loin.

Fiumicino au loin. Serena aperçoit les premiers avions. Sous leurs ailes plane le vide qui souligne l'absence. Dans le hall de l'aéroport, Alessandro et Catarina l'accompagnent jusqu'au seuil d'une solitude nouvelle. Mutique, Catarina la serre tout contre elle. Dans les oreilles de Serena résonne le son d'une invitation à revenir bientôt. Alessandro l'embrasse en lui caressant la joue. « *Ciao, Serena.* Prends soin de toi, *bella gemella* ». Une caresse florale que Serena promet de ne jamais oublier.

Au moment de passer la zone de sécurité, Serena constate que quelque chose pose problème dans ses bagages. Un premier agent commente l'image sur le tomographe.
— *Un attimo per favore.*
— *C'è un problema?*

Un second agent lui demande la permission d'ouvrir la valise. Nerveuse, elle acquiesce. Suspectée d'emporter avec elle un fragment de la Rome antique, elle explique que l'orteil en marbre provient d'une statue privée sculptée par son père. Après quelques vérifications poussées, Serena repart après avoir été informée qu'un document de surveillance propre aux objets d'art aurait pu lui être demandé. En empruntant l'escalator qui mène à la salle d'embarquement, Serena se laisse cueillir par un flot d'émotions. Suspendue dans l'air de l'aéroport, elle se moque du regard des gens qui la regardent pleurer. Elle aimerait leur clamer que certains matins ont la passion du chagrin. Pour dissiper l'orage intérieur, elle achète des *panettone* pour sa mère et Massimo.

Dans l'avion, la voix calme du commandant de bord souhaite la bienvenue à bord du vol Rome-Paris. La température extérieure est de 30 °C et les conditions météo sont idéales. Rassérénée, Serena boucle sa ceinture sur un ventre triste et ferme. Derrière le hublot, elle scrute la ligne d'asphalte d'une *Autostrada* en filigrane, à la recherche d'une Alfa en miniature. Son désir disparaît sous une mer de nuages. En plein ciel, elle ferme les yeux et se met à imaginer sa *gemella mia* voleter à ses côtés, avec la grâce d'une phalène ailée de verre. Son rêve éveillé cesse, brisé par le bruit des roues de l'Airbus sur un sol détrempé. À Paris, les anges ont pleuré plus qu'ailleurs.

*Dans les veines d'un marbre
coule la poussière d'ailes
d'une nymphe gracile*

6

Roissy, sous la pluie. Un plan Vigipirate renforcé accueille les passagers. Lors du contrôle de la Police aux Frontières, Serena doit s'armer de patience. Passeport en main, elle prend conscience de cette double nationalité qui est la sienne. Qu'elle porte comme une mère porte en elle la vie d'un enfant. L'idée de voir *Italie* mentionnée à côté de *France* lui traverse l'esprit. Peut-être fera-t-elle, plus tard, les démarches nécessaires ? Un projet qui ne lui déplairait pas. Afin de boucler la boucle d'un lien puissant qui la rattache désormais avec sa famille d'origine. Elle se dit qu'elle verra bien. Qu'après tout, l'essentiel pour elle est de savoir désormais d'où et de qui précisément elle vient. Et que si elle en ressent le besoin, elle sait où trouver les *autres siens* pour se recueillir, entre un cimetière classique et une chapelle sacrée.

Dans le hall d'arrivée en état d'urgence, Serena se sent perdue. Son regard se brouille dans le bruit des valises et le flot des passants devenus méfiants les uns envers les autres. La plupart s'observent comme de vulgaires bêtes sauvages. Une sirène de pompier plane au loin, alimentant un sentiment de panique. Seul un tarmac de roses la sort de sa torpeur. Serena aperçoit le sourire timide et bavard de Massimo. Devenue liane heureuse, elle se hisse sur la pointe des pieds pour atteindre des lèvres qui ont tout juste le temps de dire le manque. Serena embrasse l'amour, comme un fleuve embrasse une mer en plein estuaire.

— Merci pour les fleurs.
— *Prego.* Je suis désolé pour ta sœur. *Dio l'abbia in gloria.*
— Je la sais heureuse là où elle est.
— *Credo di sì.*

Sur la route, Massimo évoque l'invitation d'Agnès le soir même au *Pré aux Clercs*. Un lieu capable de maquiller la tristesse du deuil derrière les lueurs de quelques bougies d'anniversaire. Serena regarde conduire *il suo italiano*. Son calme lui rappelle celui d'Alessandro. Boulevard des

Italiens, les sophoras ont remplacé les cyprès. En entrant chez elle, Serena redécouvre un appartement blanc nacré, repeint à neuf. Des photos de *latte art* décorent son entrée tandis qu'une verrière sépare l'espace cuisine d'un salon. Elle note au passage que son lit a disparu mais elle ne dit rien. Au-dessus d'un canapé bleu canard trône en majesté l'affiche du film *Il Gattopardo*. Bien que dépourvue de robe à crinoline, Serena invite son guépard à danser dans l'odeur de peinture. Entre deux valses de mercis, Massimo explique à Serena qu'il s'agit d'une idée d'Agnès qui n'en pouvait plus de voir sa fille vivre dans un lieu défraîchi, qui plus est trop petit. « En effet, mon chéri, l'espace paraît plus grand comme ça », dit-elle. Massimo dévoile *« Un'altra sorpresa »* en ouvrant lentement une cloison derrière laquelle se trouve une pièce mansardée. Une chambre-atelier dans laquelle une nouvelle literie jouxte sa commode à vêtements et son chevalet. Son matériel à dessin et ses livres d'art sont là aussi, posés sur une étagère. Quelques dessins de cyprès décorent les murs équipés de cimaises. Massimo précise qu'elle pourra agencer ses œuvres selon son gré. Serena ne trouve pas les mots face à tant de belles intentions, se reprochant silencieusement qu'une fois encore, la vie lui offre plus que ce qu'elle désire. Ses pensées s'en vont voyager un instant au cœur de la chapelle Sixtine pour se faire pardonner d'avoir trop de chance. De si loin qu'elle est, Speranza conjure sa *gemella mia* d'éloigner ce genre de pensée.

— C'est magnifique, Massimo. Tu m'expliques ?

— Le propriétaire de l'immeuble a proposé à ta mère d'acheter la remise située derrière ton appartement. Pour que tu sois plus à l'aise. *Ti piace, amore?*

— Beaucoup. Merci.

— C'est Agnès qu'il faut remercier. Ce sont deux de ses amis artisans qui ont fait les travaux de peinture et la découpe de la cloison. En un temps record. De mon côté, je me suis occupé des meubles et de la décoration.

— Tu viens ?

Serena fait couler un bain. L'odeur de glycéro laisse place à une senteur d'œillet et de rose. Chacun joue à effeuiller l'autre, pendant qu'à la surface de l'eau se forme une montagne de mousse sous un torrent de joie. Serena se laisse parcourir par le souffle chaud d'un corps amoureux. Un semblant de *sirocco* qui s'immisce entre vallons et sillons intimes et lui fait oublier les heures de douleur récente. Elle se laisse porter par Massimo qui, délicatement, la dépose au milieu d'un lac miniature. Il dit qu'une fois installée, elle est son plus beau *latte art*. Un paradis de lune et de miel. Après l'avoir rejointe, ses mains se mettent à caresser un territoire unique où chaque parcelle de peau respire le désir de se livrer à tout ce que la vie a de sublime. Les yeux clos, Serena sent son visage peu à peu se vider de sa mélancolie. Elle est prête à oser. Tout. Oser lécher, mordiller et jouir à en oublier qui elle est, où elle est. Oser se rendre heureuse. Oser aimer à mort et se laisser pénétrer jusqu'à la déraison. Serena noie son plaisir dans un baiser en apnée, jusqu'à la minute extatique.

Dans l'atmosphère nacrée d'une solitude retrouvée, Serena allume une cigarette et se met à dérouler la forêt de papier devant laquelle sa *gemella mia* s'est évaporée. Un territoire boisé qu'elle agrémente de quelques-uns de ses nombreux dessins. D'un cyprès l'autre, Serena compose la possibilité d'une indéniable harmonie avant de consulter son courrier.

Chère Mlle Sylvanielo-Sixtine,

Ayant appris par votre compagnon le décès de votre sœur, veuillez avant tout recevoir nos sincères condoléances. Nous espérons que cette dernière n'a pas trop souffert. Que son âme trouve une paix méritée.

S'agissant de notre souhait d'exposer vos œuvres, nous espérons qu'à l'heure où vous lisez cette lettre, votre choix est fait. Sachez que du nôtre, nous avons hâte de vous rencontrer afin que vous nous présentiez quelques-unes de vos réalisations. Votre Massimo nous a mis l'eau à la bouche. Aussi, auriez-vous du temps à nous accorder dans les semaines à venir ? Nous vous proposons de faire connaissance autour d'un dîner.

Enfin, sachez que notre galerie devrait s'appeler « L'oiseau r'Art ». Quoi de mieux qu'une forêt pour célébrer son envol ?

Dans l'attente de votre appel, veuillez recevoir, chère Mlle Sylvanielo-Sixtine, l'expression de nos meilleurs sentiments.

Milana et Vadim Issaïev.

Le *Pré aux Clercs* est vide aux trois quarts. Un attentat est passé par là, tout près. Des bouquets jonchent le pied d'un immeuble éventré par la folie d'un groupuscule d'extrémistes. Des bougies supplantent, jusqu'à leur extinction, l'allégresse du quartier. Sous un décor d'olivier artificiel, Serena embrasse sa mère avec une émotion réelle. Massimo apporte des gougères et une première bouteille de champagne.

— Tchin, ma Serena. À tes vingt ans. Sois heureuse autant que possible. Même si...

— Merci, maman. Merci pour tout.

— L'appartement te plaît comme ça ?

— Énormément.

Serena entame une parenthèse au sujet de son périple italien. Elle évoque l'infinie bonté de Zia Aemilia et Zio Errio ainsi que le caractère héroïque d'Alessandro. Du bout des lèvres, elle dévoile le nom de Catarina, une femme aussi bienveillante que discrète. « Ces cinq jours ont suffi à changer à jamais le sens de ma vie » ferme la parenthèse. Elle lève son verre pour célébrer *L'oiseau r'Art* qui, dans son nid, s'apprête à accueillir sa toute première exposition. Au plus profond d'elle coule sous forme de larmes le champagne qui en un rien de temps éteint le feu d'une passion triste. Elle aimerait avouer à sa mère qu'Alessandro a porté au jour leur histoire d'amour commune. Elle aimerait oser lui dire qu'elle est au fait, s'agissant de son impossibilité à pouvoir donner la vie. Et que pour toute femme désirant devenir mère, le mot *stérile* prend l'image d'une épave plongée dans les abîmes d'un corps indocile et traître. Mais Serena ne dit rien. Seuls quelques regards échangés suffisent à exprimer l'indicible.

Après avoir passé commande d'un pavé de saumon, Serena sort l'album de photos de son *autre* famille. Le doigt posé sur le visage de Selena, Serena marque une hésitation devant cette figure de procréatrice que le sort a empêchée de profiter d'un naturel bonheur de mère. Serena pose sa tête sur l'épaule d'Agnès en lui susurrant à l'oreille qu'elle sait depuis peu, faire parler les morts. Et qu'à travers la photo, Selena la remercie chaleureusement pour tout le bien qu'elle a apporté à sa fille en qualité de vraie maman. Touchée, Agnès demeure silencieuse, dominée par le souvenir d'un atelier où les rires de Selena se mêlaient aux siens. Elle repense à toutes ces fois où, côte à côte, elles se mettaient nues pour les besoins d'un artiste qui trouvait que ses deux modèles avaient des airs de jumelles. Femmes aux silhouettes et aux courbes identiques au cœur d'une époque où déjà, Agnès prenait la place de Selena pour la soulager. Un acte qui, sous les traits d'une adoption, présageait un amour vécu par procuration.

Ses bougies soufflées, Serena décide de rentrer. Subtilement, elle exprime vouloir passer le reste de sa soirée, seule. À l'idée d'avoir à dessiner les réminiscences d'un baiser sororal, ses mains et son esprit fourmillent d'envies et d'idées. Elle sait d'avance que sa nuit sera blanche, écrasée par le noir charbon de ses fusains sur le papier. Comme deux bouches en symbiose.

Dehors, la nuit suit son cours. Rue Bonaparte, Serena aperçoit une femme à sa fenêtre. « On dirait Romy », se dit-elle en allant retrouver la Seine. En allumant une cigarette, elle regarde les eaux onduler comme un corps sous l'effet d'un désir. Nourrie d'inspiration, elle jette son mégot incandescent par-dessus le pont et regarde mourir la lueur orange. Un mégot qui sans doute atteindra la magie d'Honfleur.

Au-dessus d'elle, toutes les étoiles sont alignées. Elle rentre en esquissant un sourire.

Sous un clair de lune
l'amour incandescent
d'un inspirant guépard

TAÏGA

1

« Sans oublier la représentation de notre baiser que j'aimerais que tu réalises les yeux fermés. Une expérience artistique et sensorielle à vivre, dans sa plus sublime pureté ». Après avoir relu la lettre de sa sœur, Serena remplit sa théière. Puis elle se déshabille et soigneusement, s'attache les cheveux à l'aide d'un crayon. Pour faire corps avec le support, elle ne garde sur elle que le strict minimum. Une brassière et une simple culotte en coton suffisent à lui donner l'image d'une artiste primitive au fond de sa grotte germanopratine. Débarrassée du moindre superflu, elle se sert un mug de thé vert à la fleur d'Osmanthus et souffle sur la fumée. Une saveur florale coule à l'intérieur d'elle-même comme la lave d'un volcan à l'aube d'une éruption graphique.

Avant de tracer les lignes et les courbes constitutives de ses émotions, Serena prend le temps de voyager lentement dans sa forêt de papier accrochée de part et d'autre de sa chambre-atelier. Cyprès, vallons, hibou, oliveraie, ciel de roses et *Sainte Famille* s'apprêtent à éclairer son aventure noctambule.

Par souci de débordement de son support, elle délimite sa zone de travail à l'aide d'un fil qu'elle tend entre des punaises clouées dans le parquet. Une constellation rassurante capable de guider sa force créatrice jusqu'à destination d'une promesse intime. Pour honorer la consigne de Speranza, elle recouvre ses yeux d'un bandeau sombre qui l'accompagnera jusqu'au petit jour. Lorsque ses bras n'en pourront plus de relater la petite musique suave de sa bouche posée sur celle de sa *gemella mia*.

Concentrée, Serena commence par déposer quelques grammes d'un pastel couleur ocre rose d'Italie. Un premier tracé qui, tendrement, embrasse le grain du papier incarnant une chair de lèvres et de langues. C'est ainsi qu'elle poursuit, animant de son âme craies et fusains qui tantôt effleurent ou mordent la peau vierge du papier collé au sol. Ses gestes sont ceux d'un samouraï pratiquant un art du sabre. Un *kenjutsu* vif et contrôlé à la fois. Le temps d'une pose, elle boit une gorgée de thé en veillant à ne pas égarer son matériel. Au cœur du bandeau luit un parterre d'étoiles bleutées qui l'invite à se dépasser et la guide vers un chemin créatif qu'aucun voyant ne pourrait emprunter. Plongée tout entière dans une cécité désirée, Serena poursuit son art martial et donne naissance à une composition riche de volutes et de stries au milieu desquelles jaillit un flot joyeux fait de salive et de larmes. Même si elle ne peut rien voir pour le moment, elle sait déjà que son œuvre incarne la fidélité de l'inoubliable baiser plein de timidité et de douceur humide.

Sur son visage tombe la chaleur d'un rayon de soleil. D'instinct, Serena devine qu'il est à la fois tôt et tard. Elle ôte son bandeau, peine à recouvrer une vision normale. Petit à petit, sa vue reprend vie et laisse apparaître des mains gris et ocre sur un parquet crasseux. Son corps est celui d'un mineur de fond posé sur une tourbière de pigment et d'encre. Un sol herbeux qui ouvrira la voie vers l'épiphanie d'une *taïga* endiablée où chaque parcelle d'écorce sera le chant d'un souvenir. Avec pour chef d'orchestre, un hibou au regard de lune.

Péniblement, elle se lève et déplie ses genoux douloureux pour voir, de plus haut, la beauté d'un chaos expressionniste qu'elle vient tout juste de créer. Ne lui reste qu'à apposer sa signature *S.S.S.* au milieu d'une chambre atelier où règne un désordre nouveau. Est-ce l'œuvre de *S*erena *S*ylvanielo-*S*ixtine ou de *S*tella, *S*erena, *S*peranza ? Serena ne sait pas.

Sous une lumière irradiante, Serena promène sa silhouette charbonneuse, l'esprit allégé par la lascivité d'une forêt noire enveloppante. À l'orée d'une nuit de repos, elle file, sereine, retrouver de sa superbe. Dans la baignoire, sa peau laiteuse se déleste de ses impuretés pourpres et anthracites. Quelques minutes plus tard, les ongles propres et colorés, elle se sent prête à vivre son premier vernissage.

Au cœur d'un atelier,
un oiseau rare s'éprend
d'une chrysalide irisée

2

Trois mois plus tard, les œuvres de Serena ont pris place au sein de la galerie *L'oiseau r'Art*. Parmi elles, *La forêt de Speranza* aux frondaisons boréales fait florès. Des dizaines de cyprès et feuillus recouvrent les murs en briques blanches de la galerie. Une *taïga* en plein Paris qui prouve par sa beauté qu'il est toujours bon de sortir du bois. D'oser exposer sans pour autant trop s'exposer sous les lumières du monde. C'est ce qu'intimement Serena se dit dans cette galerie calme et discrète perdue au bout d'une impasse. En attendant le discours inaugural, elle observe Madame Issaïev en train d'accueillir les nombreux invités tandis que son mari veille sur son père. Un vieil artiste dont le regard bleu est perdu dans les profondeurs d'une mémoire atrophiée. Au loin, elle aperçoit deux figures familières perdues dans l'atmosphère événementielle, un carton d'invitation à la main. Heureuse, elle court rejoindre Alessandro et

Catarina qui n'ont pas hésité un seul instant à faire le déplacement. À travers leurs parfums, Serena revit ses heures italiennes. Agnès et Massimo arrivent à leur tour. Serena fait les présentations. Sur le visage de sa mère coule une joie mélancolique au moment d'embrasser Alessandro. Seuls Zia Aemilia et Zio Errio sont absents. L'un et l'autre marchent sur le chemin du deuil pour atteindre le seuil de l'acceptation.

Serena assiste ses hôtes au moment de couper le cordon de soie rouge. *L'oiseau r'Art* ouvre officiellement les portes d'un univers dans lequel chacun est invité à déambuler. Après une forêt de remerciements, Serena apprend que c'est désormais à elle que revient le privilège de faire un discours. À cet instant précis, elle aimerait se fondre dans le décor. Ainsi que savent le faire les caméléons. Elle scrute la foule à la recherche d'un sourire encourageant. Lui arrive celui d'Alessandro qui lui murmure l'adage d'un souvenir. Celui de toujours oser.

Serena se met à parler. Sa bouche remercie *L'oiseau r'Art* pendant que son cœur bat la chamade. Ses mains tremblantes font frissonner ses mots écrits à l'encre rouge. Avant de souligner ses intentions graphiques, elle s'adresse à celle qui lui a offert la possibilité de s'accomplir en devenant une artiste. « Maman, je ne sais pas si on te l'a déjà dit, mais ton prénom Agnès est l'anagramme d'anges. Il n'y a pas de hasard. Sans tes ailes, jamais je n'aurais pu m'envoler si haut. Merci. Je t'aime ».

Serena poursuit jusqu'à la conclusion en parlant de son travail réalisé entre France et Italie. Elle évoque sa forêt où chaque branche est une veine dans laquelle circule pour l'éternité la sève sanguine d'un amour de sœur. Le sang de sa *gemella mia.*

Paris, sous un ciel de roses. *L'oiseau r'Art* rabat ses ailes sur un silence de cathédrale. À l'image d'une chapelle Sixtine où erre le sourire d'un ange de poussière. Passage Alexandrine, la nuit invite au désir. Entre deux cyprès, Serena s'allonge à côté de Massimo. Ensemble, ils dessinent l'étreinte d'un rêve au cœur d'une *taïga.* Un ultime *ex-voto* sur lequel se referment leurs paupières de satin. Pour mieux rêver à demain.

*Sous un ciel serein
un pollen de rose Espérance
recouvre un champ d'étoiles*

Remerciements :

Sylvie et Claire, pour le temps passé autour d'une première version inachevée. Marie, pour son travail précis de relecture et de correction.

À Damien, qui m'a fait confiance sur un projet précédent. Infinie reconnaissance.

Enfin, aux miens, à mes amours, mes anges, avec ou sans ailes.

Contact :
lperretdaveiro@gmail.com
www.facebook.com/LionPerret